Murielle Magellan

D'abord dramaturge, auteure de pièce comme *Pierre et Papillon*, *Traits d'union* (théâtre des Mathurins) ou *L'Éveil du chameau* (théâtre de l'Atelier), Murielle Magellan est aussi scénariste pour la télévision et le cinéma. Cocréatrice des *Petits Meurtres d'Agatha Christie*, elle a notamment écrit pour les réalisateurs Jean-Pierre Améris, Alain Tasma, Audrey Dana et Merzak Allouache. En 2018, elle a réalisé son premier film, *Moi, grosse*, adapté du témoignage de Gabrielle Deydier. En 2022, elle réalise le film *La Page blanche* (adapté de la bande dessinée éponyme de Pénélope Bagieu et Boulet) avec Sara Giraudeau – en sélection au festival d'Angoulême.

Son premier roman, *Le Lendemain, Gabrielle*, a paru en 2007. *Un refrain sur les murs* (2011) a reçu le Prix Horizon du deuxième roman en 2012. Il est suivi de *N'oublie pas les oiseaux* (2014), sélectionné par le Prix RTL-*LiRE* et le Prix Orange du livre, *Les Indociles* (2016), finaliste du Prix de la Closerie des Lilas, et *Changer le sens des rivières* (2019), Prix du Salon du Livre de Genève, Prix Albert-Bichot, Prix de la 25e Heure. Ce dernier titre est adapté au cinéma en 2023 sous le titre *Marie-Line et son juge*. Tous ces romans ont paru aux Éditions Julliard. En 2021, Murielle Magellan publie *Géantes* aux éditions Mialet-Barrault.

MARIE-LINE ET SON JUGE

MURIELLE MAGELLAN

MARIE-LINE ET SON JUGE

JULLIARD

Précédemment paru sous le titre *Changer le sens des rivières*

ISBN : 978-2-266-34065-6
Dépôt légal : septembre 2023

À Brigitte

« Après quelque temps,
tu apprendras… »

JORGE LUIS BORGES

Première partie

1

Loyer/charges : 410 euros.
Téléphones/Internet : 53 euros.
Essence/assurance/divers voiture : 110 euros.
Manger : 350 euros.
Papa : 300 euros.
+ Salaire : 1320.
+ Pourboires : environ 250 euros.
Reste pour autres : 347 euros. Soit : 12 euros/ jour environ.

Marie scrute la liste rédigée de son écriture ronde d'ex-élève appliquée, et conclut que 12 euros par jour, c'est assez pour s'acheter une paire de Converse roses pour son rendez-vous du lendemain avec Alexandre. Les siennes ont trop marché et malgré plusieurs passages en machine, la toile n'arrive plus à se débarrasser d'un fond gris épuisé. Elle imagine ses pieds avec les nouvelles chaussures au bout. 60 euros pointure 38 pour ce moment qu'elle attend depuis si longtemps. Depuis qu'elle a mis Alexandre dans son collimateur de rêveuse. Marie ne sait pas pourquoi son corps s'agite autant quand le jeune homme n'est pas loin, et ce depuis le *premier regard*, quand il a franchi le seuil de la brasserie, il y a quatre mois. Lunettes rondes, prénom de chevalier, des choses à dire sur « la situation actuelle », Alexandre ne ressemble en rien aux voyous à quadriceps de footballeurs dont elle s'est entichée jusque-là. Il vient au bar chargé de gros livres qu'il feuillette aussi concentré qu'un vieillard devant la nuit qui tombe. Parfois, il sort de grandes feuilles cartonnées pour faire ce qu'il appelle ses story-boards, une succession de dessins qui décrit tous les plans d'un film. Il quittera Le Havre un jour pour se présenter à Paris au concours d'une école de cinéma renommée. En attendant, il est graphiste dans une petite entreprise de communication.

Un jean, un haut ample qui laisse apparaître ses épaules, un sourire en coin complice, Marie sait déployer ses charmes. Peu à peu, Alexandre s'est mis à la regarder, puis il a cherché le contact. « Et voilà Jean Seberg sans son journal », a-t-il tenté devant des amis à lui un jour où elle avait coupé ses cheveux encore un peu plus court. Ou bien un autre jour : « Cette créature est aussi discrète qu'un ange ! » Elle le laissait dire, sans chercher à comprendre, séduite par son humour et son œil rieur. Quand il était seul, la timidité d'Alexandre l'emportait mais un simple coup d'œil, furtif, suffisait à la rassurer.

Marie a guetté le moment où il lui en demanderait davantage, et c'est arrivé quand elle ne s'y attendait pas, un après-midi, alors qu'il était en pleine conversation téléphonique et qu'elle ramassait sa monnaie ; il a dit à son interlocuteur « attends une seconde » et a osé « Marie ?! Tu fais quoi ce week-end ? ». Elle a répondu « Rien de précis », avec la délectation de celle qui s'enfonce dans un brouillard tiède. Il a levé le pouce et a repris sa conversation, mutin.

Avec Alexandre, Marie a l'impression que des mondes inexplorés se cachent derrière les virages, des supergalaxies au-dessus des nuages. Alexandre, c'est la perspective d'un ailleurs. Cette vibration sensuelle et romantique est inédite dans sa courte vie, mais elle la reconnaît malgré tout. Elle naît d'une mémoire enfouie, collective, saturée de romances ou d'images de conte de fées injectées par intraveineuses. La jeune femme n'est pourtant pas de ces filles à jupes courtes et tee-shirts déchirés qu'on trouve à l'arrière des théâtres les jours de concert. Elle ne s'est jamais rêvée en robe de mariée avec une vedette à son bras ; elle a trop à faire pour sauver sa peau. Avoir un toit, de quoi manger, organiser son quotidien.

C'est peut-être par la télévision qu'est arrivée l'hypothèse d'être bouleversée « dès le premier regard » par un homme ; la télévision sans cesse allumée durant son enfance, sur les fictions ou les téléréalités. Ce n'est pas par les livres, en tout cas, car elle ne lit plus depuis que sa mère est morte, et que, huit mois plus tard, sa sœur aînée Victoria a prétexté l'amour fou pour les abandonner et disparaître dans la nature avec un trentenaire tatoué. L'hypocondrie psychotique de leur père a fini de se déclarer. La brume est entrée dans la maison.

Marie avait douze ans. C'était assez pour garder de bons réflexes en orthographe mais rien depuis ne se fixe en elle. Malgré tout, à la grande fierté de son père, ancien chaudronnier, et de Mado, l'aide à domicile qui l'accompagne depuis des années, la cadette de la famille a obtenu son bac pro option chaudronnerie industrielle. Ainsi diplômée, elle aurait pu être technicienne d'atelier ou de chantier. Elle aurait pu participer à la réalisation de presque n'importe quel ouvrage métallique, pièces de bateau, d'avion, de train, de mobilier même ; elle aurait pu travailler la tôle et les profilés, les tubes ou les poutrelles, contrôler la conformité ou définir des outillages. Mais Marie a préféré l'activité de serveuse, plus ludique à ses yeux juvéniles, et aux horaires plus souples, qui lui laisseront du temps pour marcher sur les docks avec Alexandre, se jeter sur lui entre deux cheminées et se voir vieillir dans les reflets des vitres teintées garées là.

2

Il faut aller voir Papa, tous les jours, ou presque. (Son père encadrait les enfants du quartier quand il était adolescent ; c'est pour ça qu'on le surnomme ainsi. Mais son sens des responsabilités s'est évanoui avec le temps et l'amertume.) Mado s'occupe de lui deux heures le matin, et deux heures en fin de journée. Marie doit prendre en charge une partie de son salaire car son père a une trop petite retraite et l'hypocondrie maladive, qui coûte déjà beaucoup à la Sécurité sociale, n'est pas considérée comme un handicap. L'aide à domicile prépare les repas, fait le ménage et la conversation, joue aux cartes, évalue les symptômes du maître de maison pour juger si ce sera une journée avec crise ou sans crise. Les mauvais jours, Papa fait des yeux exorbités dès le réveil, se tient le cœur régulièrement, se prend le pouls. Il erre, inquiet, de plus en plus essoufflé, jusqu'au moment fatidique des hurlements et de la sidération. Il a mal au bras, l'arrêt cardiaque est imminent. Il faut appeler un médecin en urgence sous peine de le laisser entrer en phase violente, casser, vociférer, s'asphyxier. Papa ne se calme que lorsque le spécialiste arrive. Aucune parole ne le rassure vraiment, mais doucement, l'angoisse s'estompe. Si Mado est là, c'est elle qui accompagne la crise. Si elle est absente, c'est à Marie de venir en hâte pour suivre l'incident jusqu'à l'apaisement. Les deux femmes ont admis cet esclavage. Périodiquement, elles seront appelées au secours par cet homme soudain subclaquant, injurieux, démentiel. À l'ordinaire, Mado part à 19 heures pour rejoindre son mari dans la petite maison voisine ; le soir, elle se couche non sans vérifier une dernière fois, avant de fermer les volets, que Papa a bien éteint la lumière, et que tout est en ordre. Marie, qui travaille de 11 heures à 18 h 30 à la brasserie, passe soit le matin tôt, soit après 19 heures, pour l'aider à se lever, ou lui réchauffer son repas, s'assurer qu'il a bien pris ses antidépresseurs, ses anxiolytiques, et qu'il ne va pas se jeter par la fenêtre de sa baraque de plain-pied. Papa habite dans la campagne à quinze kilomètres du Havre. C'est une maison de village, en briques rouges, aussi décalée que lui dans cette rue à poutrelles bien normandes. Le couple avait acquis la bicoque pour trois fois rien à l'époque, même s'il avait dû emprunter. Personne ne voulait d'une si petite maison, sur une rue passante de surcroît, loin de tout, et particulièrement de l'école, uniquement desservie par le bus. L'hiver, quand il fait froid et nuit tôt, les gens n'aiment pas que leurs enfants prennent le bus. Cela n'a pas empêché Marie de le prendre toute son enfance. C'est pour cela qu'à dix-huit ans, dès qu'elle a encaissé sa première paye estivale, elle a passé son permis et s'est acheté une voiture. Une Ford Fiesta verte à moteur diesel qu'elle possède toujours aujourd'hui, parce qu'elle en prend soin, trop consciente de ce que la remplacer lui coûterait. Erwan, le jeune patron dandy de la brasserie où elle travaille, lui reproche son « empreinte carbone », mais elle l'ignore, lui et ses clones quadragénaires avec leurs velléités écolos. Elle sait qu'elle pollue moins qu'eux quand ils branchent les belles guirlandes de leur sapin de Noël, quand ils rechargent leur ordinateur individuel, leur télé, leur tablette, et leur smartphone ou quand ils prennent l'avion pour aller au Maroc ou en Tunisie à prix cassés à cause des attentats. Marie n'a pas suivi de hautes études mais elle sait calculer et raisonner. On ne la lui fait pas.

Tous les jours, ou presque, il faut prendre la route d'Oudalle, passer Saint-Aubin et aller voir Papa, pour être rassurée et repartir l'esprit libre. Les soirs de crise, elle le quitte sous les injures : « C'est bon, p'tite pute, tu peux aller te faire tringler et boire des coups », puisque depuis qu'il est fou, Papa, du haut de ses cinquante-cinq ans, pense que dehors tout le monde s'envoie en l'air, et qu'il est le seul à regarder la télé. Papa a amorcé sa sortie de route quand Isabelle, son épouse, est tombée malade. Il s'est mis à singer les douleurs qu'elle ressentait, en un mimétisme ridicule, presque drôle aux yeux des enfants. Sauf qu'à la mort bien réelle de sa femme, l'hypocondrie s'est déclarée de façon irrécusable : il allait crever lui aussi. Son cœur ne tenait plus. Il agonisait.

À l'époque, il travaillait encore chez Total, et certaines de ses bouffées délirantes avaient lieu à l'usine. Il a d'abord suscité la compassion de ses supérieurs, puis, à force de fausses alertes, il s'est fait renvoyer sous couvert de licenciement économique. Il n'a jamais cessé de railler sa direction : « Licenciement économique, tu parles ! On a toujours besoin d'un chaudronnier. » Et il ajoutait que les patrons n'aimaient pas les cardiaques, fussent-ils leur meilleur ouvrier. Marie et Mado ont eu beau lui rappeler qu'il n'était pas cardiaque, tous les examens le démontraient, il n'en a jamais démordu. La médecine ne connaît sans doute pas toutes les formes de faiblesse du cœur. Un jour, ils trouveront ce qu'il a, ils identifieront une maladie rare, et plus personne ne ricanera.

En attendant, Papa a besoin de son rituel : Mado, balade et partie de cartes, Marie pour la fin de journée, la télévision, dormir.

3

« Ah oui, tu viens vraiment de la France profonde, en fait ! »

Alexandre vit dans le quartier Soquence, dans un petit deux pièces qu'il loue depuis qu'il a fini ses études de graphisme et trouvé son premier poste. Ses parents, couple d'instituteurs méritants, ont encore deux enfants au lycée et trop de charges pour l'aider financièrement. Alors il travaille, tout en regrettant de ne pouvoir se consacrer uniquement à sa passion du cinéma.

Alexandre utilise « France profonde » pour résumer l'univers familial que Marie vient de lui décrire. Elle confirme d'un hochement de tête, ajoute « à fond », et elle sourit. Il est large, son sourire de jeune femme, il est ouvert et vulnérable, car elle ne sourit à rien d'autre qu'à Alexandre. Il peut dire « France profonde », il peut dire ce qu'il veut, Marie s'en fout. Les mots d'Alexandre, c'est beau à écouter, ça donne des frissons dans le dos. Vol de cigognes en migration, qu'ils aillent où ils veulent, les mots d'Alexandre, elle les regardera passer, admirative, et sourira encore, comme elle avait souri longtemps devant un tableau de Klein, enfant, quand ils étaient allés à Paris avec l'école pour visiter le musée Beaubourg. Alexandre évoque les images du réalisateur Jean Renoir que Marie a fait surgir en décrivant sa famille : une iconographie de bas-fonds, noire et blanche, comme si la jeune femme émergeait d'un monde enfoui dans un passé sans couleur. Des noms jaillissent : Louis Jouvet. Gorki. Suzy Prim. Wiener, tu connais ? À presque quatre-vingt-dix ans il composait encore. Il a joué à quatre mains avec Fauré, et écrit les musiques de Duvivier, Bresson, Rivette.

Pour Marie, les mots n'ont pas de sens mais des vibrations, à la façon d'une peau ou d'une haleine, qui permettent de se reconnaître, et au bout du compte, faire l'amour. Il lui semble que c'est la seule chose possible sur terre, se blottir, se serrer, s'embrasser, s'unir. Elle aime la jouissance aussi, mais ce n'est pas ce qu'elle cherche en priorité. Elle cherche l'étreinte et l'abri. Ce qu'Alexandre dit à son propos, « la France profonde », et tout le reste, cela ne la concerne pas. Elle n'éprouve aucune délectation à être le sujet d'une conversation, ni même à se définir, à identifier d'où elle vient, où elle va. Elle n'a pas de mots à dire sur elle-même, elle a des mots à écouter, et ceux du long dégingandé à chemise blanche lui vont très bien. Elle ne sait pas pourquoi. Peut-être parce qu'elle a l'impression naïve et abusive qu'elle pourrait les dire aussi, comme un enfant devant sa télévision qui se figure qu'il pourrait jouer aussi bien au tennis que le champion qu'il admire.

Marie saute sur un fauteuil en vieux cuir, s'y enfonce et murmure : « C'est une antiquité, ce truc. »

Alexandre prend au sérieux la grâce de la jeune femme. Il ne lui échappe pas qu'elle n'a saisi aucune des perches tendues jusque-là : son milieu, le cinéma, sa famille, la poésie. « La poésie et le cinéma sont des jumeaux qui s'ignorent. Tu connais cette phrase : "Une image vaut mille mots" ? Le philosophe, l'intellectuel sont jaloux de la poésie et du cinéma, parce qu'ils n'ont pas l'image. Le raccourci magique. » Il se demande comment ils en sont arrivés à ce désir partagé, au moins pour ce soir. Il verse du vin dans les verres sans chercher plus loin. Pas question de rater l'occasion de serrer cette têtue-là contre lui.

4

Il a mis The Dø, et au rythme des sons trafiqués et des basses synthétiques, il s'est approché d'elle et l'a embrassée.

La voix de la chanteuse, fuselée comme un poignard, fait onduler les corps. Marie ferme les yeux, passive, pour recevoir ce baiser tant espéré. Elle ne connaît rien au cinéma, mais ça ne l'empêche pas de se faire des films, et elle a besoin de s'imaginer cet instant, de le remplir d'une forme d'éternité. Surpris par cette immobilité, Alexandre s'interrompt mais elle murmure « continue ». Et elle pense : C'est le plus beau jour de ma vie. Tout simplement : C'est le plus beau jour de ma vie. À vingt-trois ans, on aime encore avoir des « plus beaux » jours, et des « pires » jours, des « meilleurs » amis et des meilleurs ennemis. À vingt-trois ans, on classe encore, on récapitule, on compte, Marie compte, c'est ce qui lui reste de l'enfance. Jusque-là, elle avait coutume de dire que le plus beau jour de sa vie était celui de l'acquisition de sa voiture quand elle avait roulé jusqu'au Mont-Saint-Michel. Elle avait eu la sensation pour la première fois qu'elle pouvait maîtriser sa trajectoire, qu'elle tenait les rênes. Elle avait fait le plein de gasoil, avait calculé son temps de parcours pour arriver à destination au moment où le soleil se coucherait, et, comme un chef d'orchestre exubérant, elle avait feint de donner l'ordre à la nuit de tomber, à la mer de se retirer. Mais ce souvenir est détrôné aujourd'hui par les mains d'Alexandre contre sa nuque. La tiédeur de sa peau, là, contre sa joue. La douceur de sa voix, là, contre son oreille.

« Laisse aller », dit-il. « Tu es belle », dit-il. « Je t'ai souvent regardée au bar avec tes baskets roses et ton plateau qui bringuebale. Je voyais que tu me regardais aussi. » Il ajoute : « Je ne sais pas pourquoi on en a envie mais j'adore ça. » Il ajoute : « Je te filmerai. Je t'ai filmée d'ailleurs, une fois. »

Il parle et elle aime l'écouter. Alors, elle s'anime et s'enflamme à son tour. Elle le renverse. Il est surpris. Ils rient. Elle lui dit « Parle encore », mais il n'en a plus très envie. Quelque chose de plus urgent commande en lui. Il veut la prendre. C'est bon. Ils recommencent.

5

Il s'est servi un verre et a demandé à Marie si elle en voulait un aussi, puis il s'est abattu sur le lit. Sa nudité, sa peau ambre, son sexe au repos entre ses cuisses, tout était beau et élégant, jusqu'à ce mélange de simplicité et d'inquiétude qui émane de lui après l'amour. Il pose ses lèvres sur le front de la jeune femme et revient à l'alcool et à sa rêverie. Il se moque : « Souvent, après l'amour, j'entends le fracas des bombes et des armes… Comme si tous les champs de bataille avaient planté leur tente sous mes fenêtres ! »

Alexandre est un anxieux revendiqué que son corps long, saillant, ne dément pas. Il compense par un sens de l'humour qui lui fait ajouter : « Si tu as un Xanax sur toi, j'en veux bien deux. »

Marie sourit sans répondre. Elle sent que son flux de mots, aux effets presque érotiques sur elle, équivaut pour lui à ce puissant tranquillisant qu'il vient de railler. D'ailleurs, il redevient ombrageux. Il n'arrive pas à se débarrasser de ses ténèbres, la Syrie, l'Afghanistan, les Kurdes, est-ce que Marie connaît l'histoire des Kurdes ? Et la Somalie. La Libye. Il se demande souvent comment ils font l'amour là-bas, et s'ils font l'amour. Ils doivent rire de stupeur devant les histoires occidentales nombrilistes qui fleurissent de toutes parts. Il en a honte et pourtant, l'art auquel il aspire, le cinéma, est le premier pourvoyeur de nombrils, avec la littérature, peut-être. Tout cela l'obsède. Le ronge. Il est sincère, désarçonnant. Il montre les posters sur son mur, est-ce que Marie remarque quelque chose ? Elle dit : « Ils sont beaux. » Il répond : « Ils sont encadrés. » C'est ce qui manque à ce monde. Un cadre. Il encadre tout. Même les Post-it, il voudrait les encadrer. C'est pour cela qu'il aime tellement le cinéma. Quand elle est encadrée, reconstituée, répétée, la douleur est moins grande. Il se délecte des annonces en début ou fin de générique qui précisent qu'« aucun animal n'a été maltraité », ou que « toute ressemblance avec des faits ayant déjà existé serait totalement fortuite », invitation à ne pas souffrir plus qu'il ne faudrait : « votre douleur sera contenue ». Le chaos ne va pas à Alexandre. Peut-être à cause de l'éducation bohème, engagée, exigeante, de ses parents. Dès qu'il a su lire, on lui a mis des journaux sérieux dans les mains pour qu'il soit conscient du monde et aiguise son esprit critique. Il devait comparer le nombre de morts annoncé par les différents organes de presse et en déduire leurs idéologies. Alors, oui, il a besoin d'être tranquillisé sans cesse. Pas avec les paroles doucereuses de ceux qui l'aiment, non, par la matière. Les atomes. Un corps plus qu'une idée. Un cadre plus qu'une toile. Il confirme. Il n'est pas certain que si on lui demandait de choisir entre le cadre et la toile, il ne choisirait pas le cadre. Il parle du *fracas universel* mais il avoue que les deux courts-métrages qu'il a écrits n'ont rien à voir avec la grande histoire. Ce sont des récits d'amitiés, d'ambitions, des petites choses de la vie. Des détails du quotidien amplifiés par l'attention artistique qu'on leur porte. Il voudrait trouver un producteur qui le finance pour les réaliser ou au moins quelqu'un d'expérimenté qui les lise. Avoir des avis. Des personnes pour échanger sur son travail. Mais c'est difficile.

Marie passe la main dans les cheveux d'Alexandre. Ils sont épais et assez longs pour y faire glisser ses doigts. Il dit : « Truffaut a écrit un jour : “Seul le domaine affectif m'occupe et m'intéresse.” Moi aussi, mais je n'arrive pas à ignorer totalement le monde autour. À renoncer sans culpabilité à en faire un sujet. »

Alexandre aime la caresse de Marie dans ses cheveux, et parce qu'il aime cette caresse, il se tait et il la regarde.

Toute la suite de la vie de Marie se joue là, maintenant.

À cause de cette caresse délicieuse. À cause de ce frisson, cette flèche qui parcourt le dos du jeune homme au point qu'il cesse sa logorrhée. Sans cette caresse, il enchaînerait sans doute, puisque Marie semble apprécier ses élucubrations. Mais cette main dans ses cheveux l'envoûte. Il la préfère à tout le reste. Il regarde la jeune femme. Il dit juste : « Hein ? » Et, cette fois, il attend une réponse, oui. Une réponse à la question qu'il n'a pas posée. Cette fois, c'est à elle de parler. Marie ouvre grand ses yeux mais ne sait pas quoi dire ; elle sourit : « Quoi ? » Alexandre lance : « Tu aimes Truffaut, toi ? »

C'est anodin. Posé là pour pouvoir prolonger cet ébahissement sensuel, mais Marie ne le sait pas. « Tu aimes Truffaut ? » S'il insiste, c'est que ça compte pour lui alors elle murmure : « Je... tu veux dire Truffaut... Dans quel sens ? — François Truffaut. — Ah... Il fait quoi déjà ? » Alexandre s'étonne. « Il était réalisateur, tu sais. C'est lui qui a mis en scène *Le Dernier Métro*. *Les Quatre Cents Coups*. *La Femme d'à côté*. Tu connais pas ? »

Marie dit non. Pourtant, le dernier métro, elle l'a déjà pris, et les quatre cents coups, elle les a déjà reçus. A priori, elle devrait connaître. Alexandre sourit. « C'est un cinéaste de la nouvelle vague. Un très bon. » Et Godard, elle connaît ? Et Chabrol ? Ils sont tous de la nouvelle vague. Marie ne connaît pas la nouvelle vague, elle connaît les vieilles vagues, toujours les mêmes, les radoteuses qui se cognent sur les rochers. Le jeune homme sourit encore. « Mais, tu connais qui comme réalisateur ? » Marie ronge son frein. Elle n'en connaît aucun. C'est quoi exactement, un réalisateur ? Alexandre a les yeux vides de celui qui prend la mesure du continent qui les sépare. Sa déception n'échappe pas à Marie : C'est bon ! Il ne va pas en faire tout un plat ! La vérité c'est qu'elle s'en fout de François Truffaut. Ça change quoi, « François Truffaut » ? Ça guérit le palu ? Ça fait baisser le chômage ? Les gens laissent plus de pourboires quand ils ont lu François Truffaut ? « Vu » rectifie Alexandre. « Vu/lu, bon… t'avais compris, non ? »

La caresse reprend dans le silence tranchant.

Marie le sait, elle n'a pas beaucoup d'instruction. Elle est bien plus douée pour conduire, s'ennuyer, lambiner, jouer à des jeux hypnotiques sur des écrans suréclairés, ou slalomer sans se plaindre dans la dureté de la vie. Déjà pas mal. Ça ne fait pas une fortune mais ça fait une femme, celle qu'elle est, et dont elle ne peut pas divorcer. À prendre ou à laisser.

Mais elle regrette déjà. C'est sa première nuit avec Alexandre et elle périrait si c'était la dernière. Elle en a déjà vécu des histoires sans lendemain, avec des indécis, des versatiles, bulles de savon qui éclatent au contact de la première plume qui passe. Son histoire avec Alexandre ne peut pas finir ainsi.

Visage fermé, le jeune homme se laisse toujours caresser mais il ne parle plus. Quel genre de fille se cache derrière cette main qui joue avec sa chevelure ? Est-ce qu'il n'est pas allé trop vite ? Non seulement Marie ne connaît pas le cinéma, mais elle n'a pas réagi non plus quand il a abordé d'autres sujets. Les conflits dans le monde, la peinture, la poésie. Alexandre a vingt-cinq ans, et sa naïveté romantique, bien aidée par son obsession du cadre, a déjà cédé du terrain à la raison. Ils s'égareraient tous les deux en s'entêtant dans une relation évidemment condamnée. Il n'éprouve pas de mépris, ce n'est pas sa pente naturelle, mais plutôt de la tristesse. Une tristesse encombrante que la main de Marie, magique dans ses cheveux, ne parvient pas à faire disparaître.

Le temps se fossilise. Marie finit par murmurer qu'elle commence très tôt demain, elle doit être chez Erwan à 7 heures. Exceptionnellement, elle remplace Leila qui fait l'ouverture. Elle précise : Leila prend des cours de théâtre, tous les après-midi, voilà pourquoi elle a choisi le créneau du matin. Marie dit ça pour dire quelque chose, et parce qu'elle pressent aussi que le mot *théâtre*, même s'il concerne Leila, pourrait susciter l'intérêt de son jeune amant et la faire bénéficier de son effet par contagion. Mais Alexandre semble absorbé par autre chose : « Alors si tu commences tôt, ça ne te dérange pas de rentrer dormir chez toi… ? J'ai besoin de sommeil… » et il ajoute « Je t'appellerai dans la journée ».

Marie acquiesce. Elle s'habille. Le « plus beau jour de sa vie » a la banalité sordide des séries télé que regarde son père l'après-midi. Pour rester légère, la jeune femme enfile son jean en ondulant au rythme addictif du titre qui balance en fond ; elle fait un peu le clown et Alexandre remue la tête pour se donner une contenance. Au moment de mettre son bonnet, Marie a la sensation d'enfiler un masque neutre, inexpressif et impersonnel. Son insignifiance.

6

Plusieurs jours de suite, Alexandre n'appelle pas, et il ne répond pas non plus aux messages de Marie. La jeune femme s'échappe dès qu'elle le peut de la grande salle du café pour pouvoir consulter son téléphone portable, écran noir et muet. Souvent, elle rédige un SMS puis ne l'envoie pas. Pas question de le harceler. Chaque minute qui passe lui raconte ce qu'elle sait déjà : Alexandre est déçu. Ce moment qu'elle est parvenue à lui voler, ce désir pourtant intense lors de leur étreinte, s'est volatilisé parce qu'elle n'a pas su ce qu'était un réalisateur. C'est ainsi qu'elle résume la situation. Sa détresse a un nom de baptême : François Truffaut.

Ces soirs-là, elle revient de chez son père tous phares allumés, perforant la campagne obscure. La route serpente et se fond dans les ténèbres secouées par les vents. Elle fait des détours, passe par les villages, pour que le chemin soit plus long, la déambulation plus tourmentée. Les ombres noires des arbres plongent vers son automobile comme pour la soulever. Elle aime cette sensation ; et aussi, surprendre les lapins fuyant sur le bord de la route. Elle aime la chaussée humide d'être peu fréquentée, le bruit des pneus sous le ventre de sa voiture. Elle met Tommy Genesis à fond. Le rap langoureux de la chanteuse lui fait l'effet d'un alcool jeté sur le feu. Elle se couchera tout à l'heure, ivre. Le temps aura passé. Le temps sans appel d'Alexandre. Un jour de plus.

7

Marie sert un habitué, un acariâtre à cheveux clairs, obèse et encombré de lui-même, dont tout le monde sait ici qu'il est pénible et cassant. Son beau visage viking a cédé aux années rondeurs et entailles. Il parle en regardant à peine son interlocutrice, plus par timidité rude que par dédain. Il demande une tisane, préparée comme d'habitude.

Marie est correcte avec tous les clients, ni plus ni moins. Son patron craint les employés trop chaleureux ou trop distants ; il traque l'équilibre. Il veut qu'on ne sente pas son personnel, élégant et discret, glisser dans sa brasserie de plus en plus branchée. L'étain rose du plan de travail, l'exposition d'artistes laqueurs néocontemporains, vernis et pigments, inspirés des techniques japonaises, et la qualité de l'accueil feront un jour du lieu d'Erwan une destination copurchic de la ville, *the place to be*. Pour l'instant, il n'ouvre pas le soir, mais la question lui est posée de plus en plus souvent ce qui commence à le convaincre de la pertinence de cette évolution à laquelle il réfléchit sérieusement.

Marie donne le change, avec son allure jean troué et son aisance à se mouvoir. Son silence et sa discrétion conviennent à l'esprit du lieu. Tout se passe bien.

Les consignes d'Erwan ne l'ont pas empêchée de jeter son dévolu sur Alexandre sans que le patron ait rien vu. Marie peut se soumettre aux ordres, mais quand il s'agit de corps et de cœur, la pulsion de vie l'emporte sur le devoir.

Le client a des habitudes. Il apprécie qu'on lui serve sa tisane, à l'ancienne. Il faut qu'elle soit déjà infusée quand elle arrive sur la table. Il ne comprend pas ce procès d'intention qui a poussé les barmen, voici vingt ans de cela, à séparer les sachets et l'eau chaude, pour assurer à la clientèle que le petit sac en soie n'avait pas déjà été utilisé. Quel est ce monde qui, au nom de quelques resquilleurs, préfère la méfiance à la confiance ? Marie se tient à distance de ce sexagénaire aux idées bizarres et verse la tisane infusée avec application. C'est donc par réflexe qu'elle tourne la tête quand la porte du café s'ouvre.

Et c'est Alexandre qui entre. Alors le cœur se pétrifie, la main tremble, et les ordres qui sont envoyés par le cerveau sont si contradictoires que la tisane valse et file, pressée, vers les chaussures et le pantalon du client qui jure, hurle, éructe. « Merde ! Faites gaffe, merde ! »

Alexandre n'a pas pu faire autrement que de regarder en direction de l'incident. Il fait un petit signe gêné à Marie, un signe qui remet à plus tard, hein, on se voit tout à l'heure ? Puis, il va s'asseoir à l'autre bout du café, où il est sûr qu'elle ne le servira pas. Ses deux amis à cartables le suivent, gênés, comme s'ils étaient au courant de tout, et cela blesse encore plus la jeune femme au regard démuni.

L'homme fulmine tellement que Marie finit par l'entendre et s'excuser. Oui, l'eau chaude, ça brûle et ça mouille. Pardon. Elle ne sait pas ce qui lui a pris. Elle règle alors le problème avec force sourires, plaisanteries, éponge, chiffon, vite, vite, véloce Marie, rodée à l'exercice du service et de la contrition, « On vous offre un alcool ? ». Mais l'homme ne boit pas d'alcool avant 20 heures. « Alors, une part de tatin ? » Elle a visé juste. L'œil dur s'adoucit soudain, « Une part de tatin ? ». Elle confirme : « Oui. Faite maison ! » L'homme feint l'agacement quelques secondes encore et cède en jouant la clémence. Cela ne lui séchera pas son pantalon mais il apprécie le geste. Marie lève le pouce et se dirige vers le bar.

Chaque mouvement, chaque échange (avec Erwan qui veut comprendre ce qui s'est passé et déduira la tatin des pourboires de la jeune femme) est un fil qui la retient de faire ce qu'elle voudrait, c'est-à-dire se précipiter sur Alexandre pour savoir. Mais il faut découper la tarte, verser la crème fraîche dans le ramequin, atteindre la petite théière en acier et la nouvelle tasse. Il faut encore apporter tout cela et faire attention cette fois. Sourire au râleur qui remercie à peine, répondre à la table quatre, « L'addition, mademoiselle, s'il vous plaît » « Mademoiselle ? » « MADEMOISELLE ? », repartir vers le bar pour le ticket de caisse, rendre la monnaie, et enfin, peut-être enfin, trouver les cinq minutes pour aller voir Alexandre.

C'est juste au moment où il quitte les lieux qu'elle prétexte un besoin de s'aérer pour le rejoindre.

« Pourquoi tu rappelles pas ? »

Le jeune homme dit qu'il est pressé, mais Marie le retient par la manche, littéralement, ce qui amuse les amis du graphiste qui s'éloignent de quelques mètres, peaufinant leur futur brocard.

« Je vais te rappeler.

— Mais pourquoi tu rappelles pas maintenant ? »

Alexandre voudrait fuir. La peur de blesser se mêle à la lâcheté, à la vanité d'une explication aussi, sans doute. Quand Marie se tourne vers l'intérieur du bar, inquiète d'être rappelée à l'ordre, il saisit l'occasion. « Va bosser. Je vais te téléphoner. — Quand ? — Tu finis à quelle heure ? — À 18 h 30. Après je vais chez mon père et après c'est bon. — Je te téléphone vers 22 heures alors. — Pétantes ? — Oui… oui… T'inquiète. — Tu promets ? — Oui. Promis. »

La jeune femme sourit, d'un large sourire qui déploie ses dents, sa fossette, ses plis gamins au coin des yeux. Si Alexandre appelle, elle a une chance de changer le cours des choses, de retrouver la terre sous ses pieds et l'horizon devant elle. Lui semble touché par la joie ouverte de la jeune femme. Il répète : « Allez, va bosser. »

8

L'immeuble de Marie n'est pas loin des ports industriels et de leurs cheminées phalliques, mais il jouxte aussi le stade Océane dont elle entend la clameur les soirs de match. Pas loin, le boulevard expulse ses fumées de tuyaux d'échappement mal réglés, ses klaxons impatients, alors que les mouettes s'aventurent au-dessus de sa tour austère en poussant des cris douloureux de déracinés. Malgré son goût du silence, Marie a besoin d'air ce soir ; elle laisse les fenêtres ouvertes et cet orchestre urbain peut jouer sa partition nocturne dans son salon.

Elle manipule son téléphone.

Il est 22 heures et il ne sonne pas.

Il ferme sa gueule de téléphone, et ça lui fait penser à sa mère, quand elle était enfant, qui ne répondait jamais à ses questions. Elle était toute à sa couture. Seuls son bâti, son dé à coudre, et sa coupe en biais l'intéressaient. La satisfaction de la clientèle. Marie tournait autour d'elle, attendant le bon moment, un regard, une respiration, dans lesquels elle pourrait enfin glisser sa question ou sa remarque du jour. Sa mère lui manque aujourd'hui, mais tout lui manque. À croire que les carences du monde entier se sont donné rendez-vous ce soir pour hanter sa carcasse désœuvrée.

« Promis ? — Promis. »

Il est 22 h 30 et le téléphone ne sonne toujours pas.

Chaque minute pèse de tout son poids de minute. Inépuisable sablier.

À 22 h 45, il n'a toujours pas sonné.

Alors à 22 h 55, le rouge monte au visage de la jeune femme. Sa peau blanche se teinte de sang émotif et son corps se tend, noueux. Marie saisit son blouson, les clés de son appartement, de sa voiture, et elle dévale l'escalier. Elle n'a pas d'autres mots pour exprimer sa désillusion que « connard, connard, connard » qu'elle répète même à voix haute. Elle veut le voir. Elle veut l'entendre. On ne peut pas lui manger le cœur impunément.

9

Elle a tout. L'étage. Le code. L'adresse. Il lui avait transmis toutes ces informations par SMS ce soir-là, il lui suffit de les faire défiler, sans remonter trop loin car c'est presque leur ultime échange. Le dernier (« trop cool ce moment avec toi ») que Marie a envoyé de sa voiture alors qu'elle rentrait dans la nuit, déjà inquiète de la suite, n'était suivi que d'un emoji souriant généreusement adressé par son interlocuteur.

Elle fonce. Elle se gare n'importe où. Qu'importe la sortie de garage de ce pavillon ouvrier juste en face de l'immeuble d'Alexandre, ça ne doit pas être le genre à sortir en boîte le soir. Elle tape le code. Elle monte. Elle sonne. Pas de réponse alors elle sonne à nouveau. Elle colle son oreille contre la porte. Sa joue se glace au contact du métal, mais elle s'en fout. Savoir s'il est là d'abord. Le reste, quoi ? Elle est ridicule ? Et alors ? La peur du ridicule n'a jamais effrayé la sanguine qu'elle est.

Elle écoute mais rien ne semble bouger dans ce lieu qu'elle visualise désormais puisqu'elle s'y est déshabillée, puisqu'elle s'y est offerte complètement. Là, sur le fauteuil à droite en entrant, avec ses ressorts usés. Puis là sur le canapé rêche en velours bariolé. Puis, derrière la porte en bois blanc écaillée, sur le lit avec sa couette aux motifs adolescents. Rien ne semble bouger, non. Alexandre n'est pas là.

Marie s'assoit sur les marches mais elle ne supporte pas d'être immobile, sinon elle risque de hurler et il est déjà tard, le voisinage n'apprécierait pas. Alors elle dévale l'escalier et elle stationne là, dans la rue. Elle ne sait pas quoi faire. L'attendre ? Repartir ? Repartir et attendre à nouveau. Attendre qu'il appelle. Il n'appellera pas, puisque même quand il promet, sa parole ne vaut rien. Cette parole qu'elle admire et qu'elle voudrait croire, celle du jeune homme qui connaît Truffaut, qui encadre les tableaux, qui sait le monde, le dit, cette parole s'est délitée ce soir, les lettres volent en désordre devant les yeux de la jeune femme, « p-r-o-m-i-s » n'a plus de sens à présent. Comme les mots de son père quand il délire, l'insulte, et mendie ensuite son pardon en un flot d'excuses inopérantes. Il n'y a donc pas de différence entre la comédie pathologique que joue Papa, et la parole si apparemment sensée d'Alexandre ? Le vertige la saisit à nouveau. Elle veut la vérité. Toute la vérité. Si elle part, elle meurt. Elle meurt de ne pas être sûre. De ne pas savoir si c'est bien Truffaut le problème. Alors elle reste.

Elle arpente la rue. Elle laisse sa main traîner sur les voitures, et la crasse commence à incruster sa peau. Elle s'en balance. Une voiture de police patrouille, ralentit à sa hauteur, puis s'éloigne, indifférente peut-être. Alors Marie arpente encore. Combien de temps ? Peut-être une heure. Elle a mis de la musique dans son casque. Un air de Gossip qu'elle écoute en boucle. Il y a de l'énergie et de la joie là-dedans. Mais aussi de la tragédie dans le timbre musclé de la chanteuse. Ça la tient éveillée, et tant pis si la répétition frénétique du riff de guitare l'électrise plus qu'elle ne l'apaise. Elle trépigne. Alexandre finira bien par rentrer.

Et oui, il arrive.

Là, au bout de la rue, la longue silhouette avance. Alerte. Aérienne. Certains garçons marchent ainsi, la tête dans les étoiles. Les cheveux au vent. Alexandre n'est pas accompagné mais il paraît si léger qu'on dirait qu'une princesse invisible, juchée sur des escarpins, se promène à son bras. Un mirage.

Il n'aperçoit pas Marie tout de suite. Il ne s'attend pas à une présence ici. La jeune femme cherche la lumière, celle du lampadaire qui rebondit sur la tôle et vient lécher le bitume. Elle est presque sur la route quand il la voit, enfin.

10

« Ah salut !

— T'as pas appelé.

— Pardon, en fait je…

— Vas-y, explique.

— Quoi ?

— Pourquoi t'appelles pas ? Pourquoi tu réponds pas ?

— Marie…

— Je te plais plus ?

— C'est pas ça… Tu es belle, tu es…

— Alors, c'est quoi ?

— C'est… mes études. Je peux pas m'attacher.

— Ah bon ?!!

— Je veux préparer le concours pour partir à Paris, il faut que j'aie du temps.

— Je te crois pas.

— …

— T'as pas de parole.

— …

— Pourquoi tu veux plus qu'on se voie ?

— Je sais pas… Je crois pas que ça pourrait marcher.

— Pourquoi ?

— Je sais pas… »

Il ment. Alexandre a déjà imaginé le scénario dans lequel cette liaison pourrait l'entraîner : il s'attache à elle, à sa sensualité, à son art de l'étreinte, ils se revoient, ils font l'amour souvent ; le reste du temps, il monologue et elle l'admire. Pas de répondant. Trop de disparités. Peu à peu, le désir s'étiole, plus rien ne les tient, il se lasse et la quitte, triste d'incarner une supériorité qu'il se refuse à assumer, mais qu'il ressent pourtant.

« Mais si, tu sais ! Vas-y, balance !

— Je sais pas ! On n'a pas les mêmes goûts, les mêmes références ! On n'aura rien à se dire toi et moi. Voilà. Ça te va, ça ?!

— …

— On baisera puis on saura pas quoi se dire.

— …

— …

— Mais moi, j'ai senti qu'on allait bien ensemble. Tu l'as pas senti ?

— Si ! Si mais ça suffit pas.

— Embrasse-moi.

— Marie…

— Embrasse-moi, putain !

— Non !

— Quoi ? T'as honte ?

— Arrête…

— T'as peur d'attraper mon ignorance c'est ça ? T'as peur de devenir débile à mon contact ? EMBRASSE-MOI ! »

Marie se jette contre Alexandre les lèvres tendues à la recherche des siennes, mais il la repousse en allongeant son bras pour la tenir à distance. Ils sont au milieu de la route. Même s'il a raison et si plus rien n'est possible, elle exige ce dernier baiser. Lui ne veut pas. Il sait la douceur des lèvres de la jeune femme ; elle n'embrasse pas qu'à moitié. Elle ne maîtrise rien quand son corps entre au contact d'un autre. Alors il la tient à distance, oui, et plus il la tient à distance, plus Marie cherche à forcer l'accès. C'est une brutale nécessité. Toute la frustration accumulée ces derniers jours se condense dans la quête de cette bouche interdite. Alexandre crie « Ça suffit, merde ! » mais Marie est incontrôlable, la trace de la musique écoutée en boucle tout à l'heure est encore dans ses oreilles, une pulsation techno itérative qui l'excite et l'échauffe. Alexandre tente de lui échapper, elle le retient par le col en hurlant encore « Embrasse-moi ! ». Il hurle en retour « Lâche-moi ! » alors elle le lâche, d'accord, mais elle fait plus que le lâcher, elle le jette violemment : « C'est bon, JE TE LÂCHE. »

Elle connaît mal sa force, Marie. Elle ne mesure rien.

Alexandre chute et sa tête va cogner le pare-chocs du Land Rover garé là. Il s'écroule. Juste au moment où la patrouille de police refait son tour.

Deuxième partie

1

Quand Mado a tendu le combiné à Papa pour lui annoncer que, sur décision du procureur de la République, Marie allait passer en « comparution immédiate pour faits de violence sur la voie publique entraînant trois jours d'incapacité temporaire de travail et outrage et rébellion sur agent dépositaire de l'autorité publique », il a juste dit : « Elle va pas virer comme l'autre ! » Les policiers ont répété qu'il est de leur devoir de le prévenir afin qu'il prenne les dispositions nécessaires. Il a répondu « Merci monsieur l'agent » et a repassé le téléphone à Mado qui a demandé : « Elle sortira vite ? »… Parce qu'elle doit s'organiser, elle, ça ne l'arrange pas. On lui a expliqué que cela dépendrait du jugement. Elle a agressé un jeune homme et plusieurs policiers ; elle risque la prison ferme.

« Le jugement, mes couilles », a juste dit Papa quand Mado lui a répété la réponse des flics.

2

Marie est amenée dans le box par deux policiers fatigués. L'avocate commise d'office a bien essayé de lui éviter la comparution immédiate mais sans succès. Même si Alexandre ne s'est finalement pas constitué partie civile, sa perte de connaissance suite à sa fracture des cervicales, accompagnée d'une plaie au cuir chevelu ayant nécessité trois points de suture et entraîné deux jours d'hôpital, les insultes et coups rageurs envers les agents, et bien sûr le flagrant délit, ont scellé le sort de la jeune femme.

Elle baisse la tête. On lui fait signe de s'asseoir ; une autre audience est en cours, elle sera jugée ensuite. C'est ce qu'on lui a expliqué avant de pénétrer dans ce lieu où il faut rester silencieux et discret jusqu'au moment de l'appel. Les yeux fixés sur ses Converse roses, elle n'entend d'abord qu'un brouhaha lancinant. Puis son esprit se calme, et elle distingue la voix lasse du président qui s'adresse au prévenu jugé en ce moment, et qui se tient debout, tout près de Marie. C'est un homme jeune, de carrure sportive, trente-cinq ans environ, au visage rond et glabre. Il est contrit et repentant.

« Est-ce que vous reconnaissez qu'au moment de votre interpellation, vous manipuliez un téléphone et que vous l'avez cassé en deux ?

— Oui.

— Or vous avez dit aux policiers qu'il s'était cassé lorsque vous êtes sorti de la voiture. Confirmez-vous ?

— Non, c'est moi qui l'ai cassé.

— C'est vous qui l'avez cassé volontairement ?

— Oui, j'étais tellement paniqué que je voulais minimiser les dégâts mais je suis venu vous dire toute la vérité et… "chasser mes démons" comme on dit. À l'interpellation j'ai tout de suite voulu fuir mes responsabilités et j'ai fait n'importe quoi. Je venais d'apprendre que j'allais être papa alors… voilà. Et comme j'ai déjà fait deux mois de prison l'année dernière…

— Effectivement, j'allais y venir, monsieur Saïd.

— Je veux pas y retourner. »

Pour lutter contre le vertige qui lui entre à nouveau dans le crâne, Marie a besoin de considérer les lieux, les présences, et surtout de mettre un visage sur cette voix d'homme qui la jugera tout à l'heure, car elle a une rondeur, ou peut-être un phrasé, une façon curieuse d'accentuer certaines syllabes, qui lui sont familiers. Alors, par en dessous, sans quitter l'abri de son menton enfoncé dans son cou, elle lève enfin les yeux.

Elle se fige. Sur l'estrade, le président a exactement la même corpulence que l'homme acariâtre du café, sur lequel Marie a renversé une tisane la veille. Drapé dans le coton noir de sa robe, entouré des deux assesseurs, il semble concentré sur son dossier et les propos de l'accusé. Tête baissée. Il respire fort, il grogne, il prend de la place. Il ne craint pas d'être regardé, ni d'être entendu. Il est en lui-même. Marie voudrait mettre sur le compte de sa confusion ce qui lui apparaît comme une hallucination de jeune femme à nuit blanche. Mais c'est bien lui, dans ce tribunal, et rien ne le contredit. C'est lui. Il est juge et va la juger. Elle manque d'air, et dans cette apnée épuisée, elle tente de se souvenir. L'épisode de l'eau bouillante peut-il lui nuire ? Elle se rappelle : sa maladresse, son agacement, sa désinvolture. Mais elle se félicite d'avoir offert la tarte Tatin. Elle regrette immédiatement de ne pas avoir précisé à son client que le prix avait été déduit de ses pourboires. Cela lui était indifférent à ce moment-là, qu'on sache ou non la nature de ses sacrifices. Seul son amant comptait. Alexandre, qui venait d'entrer dans le bar.

Elle tape du pied nerveusement, tente de réfléchir. Un juge peut-il vraiment être plus sévère à cause d'un accident de tisane ? Elle ne sait pas répondre. Ce lieu solennel constellé d'adultes en hermine, loin de l'apaiser, agite le magma d'émotions et d'impulsions qu'est devenue Marie depuis quelques jours. Incontrôlable.

« Vous dites, jc cite : "Je revends de l'herbe seulement pour couvrir les frais de ma consommation." Vous confirmez ?

— Oui.

— Vous consommez combien de joints par jour ?

— Six… Sept…

— Ah oui… Les policiers ont pu déchiffrer ce qu'il y avait dans le téléphone, ils ont identifié pas moins de 87 transactions avec des clients. Pour 6 800 euros. Ils sont pour vous ces 6 800 euros ?

— Non… On partage.

— Avec qui ?

— Avec mes amis. On est quatre et ça nous paye notre consommation.

— Et c'est qui, ces amis ?

— Ça… je peux pas le dire, monsieur le président.

— Mmm… Vous diriez que vous travaillez en amateur, alors ?

— Oui.

— Pourtant les messages trouvés dans votre téléphone : “Hello les gars, ça va, marchandise arrivée à bon port… Promo toute la semaine.” ou bien : “Toute la semaine, c’est promo. Je suis plus généreux que d’habitude”… Vous en dites quoi ? Ça fait pas très amateur, si ?

— Oui.

— Bon. »

Marie n’a plus baissé les yeux ; elle a fixé l’estrade presque sans cligner, comme un animal blessé ne se détache plus de l’endroit d’où pourrait provenir à nouveau le danger. Le procureur et son assistante, sur le côté gauche de la salle, la greffière, en face, blonde diaphane tout occupée à son rapport d’audience, n’ont pas eu droit à la moindre considération. Et malgré l’immobilité de la jeune femme, le juge ne l’a toujours pas vue.

C’est à la faveur d’un mouvement imperceptible, un froissement de tissu infime, au beau milieu d’une réponse du prévenu, qu’il tourne la tête et pose enfin les yeux sur Marie. Il marque un petit temps étonné. La jeune femme soutient son regard et esquisse un sourire fragile pour signifier qu’elle l’a reconnu. L’homme, déconcentré, invite l’accusé à répéter sa réponse tout en continuant visiblement de solliciter sa mémoire puisqu’il finit à son tour par esquisser un sourire qui est peut-être juste l’expression de la satisfaction d’avoir enfin identifié ce visage connu. Ses traits redeviennent neutres immédiatement. Marie, sensible au moindre signe de rejet, se dit que c’est foutu. Quoi ? Tout.

3

« Mademoiselle Leroy, les policiers présents disent qu'ils vous ont vue trois quarts d'heure plus tôt dans la rue. Ils disent qu'ils ont passé leur chemin car ils n'ont rien remarqué d'inquiétant dans votre comportement, si ce n'est votre inactivité. Vous déclarez au policier lors de votre garde à vue que durant ce temps, vous avez attendu et hésité à repartir mais qu'à aucun moment vous n'avez pensé agresser monsieur Moreno. Vous déclarez que quand monsieur Moreno est arrivé, vous lui avez immédiatement demandé les raisons de son silence à vos messages, qu'il n'a pas su vous répondre et c'est ce qui vous a mise hors de vous.

— Je voulais juste discuter.

— Vous aurez la parole plus tard, mademoiselle. Vous déclarez avoir poussé monsieur Moreno quand il a, je cite, "refusé de vous embrasser". Vous lui avez dit "Je te lâche", et vous l'avez poussé. Vous déclarez que vous n'avez pas senti votre force et que vous ne pensiez pas qu'il ferait une chute aussi brutale. Les forces de l'ordre qui passaient à ce moment se sont donc immédiatement arrêtées et ont constaté la perte de connaissance de monsieur Moreno. Il souffre actuellement d'une fracture des cervicales impliquant un port de minerve d'une durée de deux mois. Il ne s'est pas constitué partie civile. En revanche, lorsque vous avez été interpellée, vous vous êtes débattue, vous avez mordu jusqu'au sang la fonctionnaire de police Jamila Alaoui qui dit que, malgré ses hurlements, vous n'avez pas lâché votre morsure, ce qui lui vaut deux jours d'ITT. La fonctionnaire de police dit que vous avez voulu lui "arracher le doigt".

— Non.

— Non quoi ?

— Non, j'ai pas voulu lui arracher le doigt. J'étais au sol, il y avait un policier qui m'étranglait presque, ça a été un réflexe…

— Bon… Vous avez, je cite, "distribué des coups autour de vous" jusqu'à ce que deux agents parviennent enfin à vous immobiliser.

— Oui.

— Les lunettes de vue d'un des policiers ont été cassées, et le poignet d'un autre a été fracturé, entraînant cinq jours d'ITT.

— Oui. »

L'accumulation des faits énoncés a fini par faire frémir la maigre assistance. Cette jeune femme, au si joli visage rond, avec ses taches de rousseur éparses, son air juvénile, est donc une sauvageonne avec assez de brutalité en elle pour mettre à mal trois policiers ? Peut-elle récidiver ? Jusqu'où est-elle capable d'aller ? Et si les choses avaient mal tourné ? La société égrène ses questions silencieuses devant Marie de plus en plus oppressée. Elle s'accroche aux mots de son avocate avant l'audience. « Restez sincère, telle que vous êtes. »

« Monsieur Moreno affirme que vous avez dit, je cite : "Tu as peur de devenir débile à mon contact." Pourquoi ?

— … parce qu'il me méprise. J'ai cru. J'ai cru qu'il me méprisait.

— Qu'est-ce qui vous a fait penser ça ?

— …

— Rien ? C'est une hypothèse ?

— Non... C'est à cause de François Truffaut. Je crois que c'est pour ça qu'il ne veut pas me revoir. Je crois. Enfin... c'est ce que j'ai cru.

— Comment ça ?

— Parce qu'il m'a parlé de plein de choses et je connaissais pas François Truffaut. Ni le reste d'ailleurs. J'ai cru que c'était pour ça.

— Vous ne le croyez plus ?

— Je sais pas. Mais je suis désolée.

— Pardon ?

— Je suis désolée. Je voulais pas le blesser. Je veux pas le blesser. Il m'a dit qu'on ne se comprendrait jamais. Je me suis sentie humiliée. J'ai perdu... le contrôle. »

Elle se tourne vers l'avocat des policiers et ajoute :

« Et les policiers, je voulais pas leur faire de mal. Pardon. Je me suis sentie humiliée. Pardon. »

Les contours de la jeune femme se modifient encore aux yeux de ceux qui l'observent. On traque la sincérité de ses excuses. Peut-être s'agit-il d'une sortie de route exceptionnelle qui ne se reproduira plus ? Nul n'est à l'abri, surtout à vingt ans, d'un débordement ou d'une vexation mal contenue. On se plonge dans la paperasserie pour chercher des informations supplémentaires sur son environnement, son passé judiciaire.

« Que dit l'enquête de proximité ? Je ne vois rien dans le dossier... »

Le président s'adresse à l'avocate de la jeune femme qui se précipite vers l'estrade, un document à la main.

« J'ai ici un écrit de l'employeur de la prévenue qui affirme que son travail est sérieux et qu'il n'a rien à lui reprocher. Nous avons aussi un témoignage de l'aide à domicile de son père qui certifie son dévouement… Je viens seulement de les obtenir.

— Donnez-les-nous. Merci. »

L'avocate tend les papiers à l'homme du café. Il les prend sans un regard pour sa consœur, ni pour Marie, et les transmet à l'assesseur installée à sa droite.

« Nous allons revenir à cette histoire de morsure.

— C'était un réflexe !

— Je ne vous ai pas encore interrogée, mademoiselle Leroy. Et on ajoute "monsieur le président".

— Non, mais, je vous jure…, monsieur le président.

— Mademoiselle Leroy ! S'il vous plaît ! »

L'autorité est sans appel. Le timbre s'est tendu, la lassitude a cédé à la fermeté. Marie se tait. Rentre dans le rang. On évoque son contexte familial sur lequel Mado s'est épanchée : la mort de sa mère. La maladie de son père. Le départ de sa sœur. En quelques mots laconiques, la biographie de Marie est déballée, et tous ces éléments lui paraissent à charge, évidemment là pour la condamner davantage. Ce qui la terrorise le plus, c'est la « prison ferme », cet antre sombre, sorte de cachot de conte de fées duquel elle ne sortirait que vieillie, honteuse, enlaidie.

On donne la parole au procureur : selon lui, cette jeune femme fragile est un danger public, une bombe à retardement, si on ne la désamorce pas à temps. Elle a employé les mots d'« humiliation » de « mépris », autant de termes qu'on connaît bien ici, dans les tribunaux, et qui servent de justification, de prétexte à de multiples agressions. Si on y réfléchit, qu'est-ce qu'on reproche à ce jeune homme, obligé de porter une minerve pendant deux mois, et qui a en plus l'élégance de ne pas déposer plainte ? Quelle faute grave a-t-il commise ? Il a refusé les avances d'une jeune femme. Il a rompu, tout simplement. N'importe quelle raison donnée à cette rupture aurait été un motif d'humiliation. « Nous le savons, vous et moi, pour l'avoir sans doute vécu, ce n'est jamais agréable d'être quitté. On ne frappe pas son prochain pour autant ! » Quelles sont les fautes des forces de l'ordre ? Elles se sont portées au secours d'un homme blessé. Et Marie Leroy serait humiliée ? Ce serait elle qui serait méprisée ? Le procureur en est désolé mais il estime que la société se doit d'identifier les sujets comme elle avant qu'ils ne sévissent plus lourdement. On évoque souvent les femmes battues, à juste titre, on pourrait parler des hommes aussi. Cent quarante-neuf mille victimes de violences conjugales. Un homme meurt tous les quinze jours sous les coups de sa compagne. Certes, nous sommes loin des chiffres des violences faites aux femmes mais « comparaison n'est pas raison », surtout dans un tribunal. Il demande la sévérité des juges. Six mois de prison, dont un mois ferme pour qu'elle puisse réfléchir, et surtout à la sortie, une mise à l'épreuve et une obligation de soins et de suivi avec un juge d'application des peines.

L'avocate, juvénile, plaide à son tour. Elle évoque la maladresse plus que la dangerosité de sa cliente. La passion plus que la violence. Elle revient sur l'humiliation, et s'appuie sur le milieu dont la jeune femme est issue, et qui la condamne presque d'emblée. Forcément coupable, forcément dangereuse puisque son origine sociale est modeste. Que monsieur le président, monsieur le procureur, mesdames les assesseurs imaginent un instant que cet incident sentimental soit arrivé à une jeune fille de la classe préparatoire du lycée François-Premier ? Une rupture mal digérée, soit, un mauvais geste, un jeune homme qui tombe mal. Est-ce qu'on dirait de cette jeune fille qu'elle est un danger pour la société ? Ne nous laissons pas gagner par des préjugés sociaux réducteurs, de la même façon que sa cliente a eu tort de croire qu'Alexandre Moreno la méprisait parce qu'il était d'un milieu culturel supérieur au sien. Enfin, l'avocate raille « la notion de prison pour l'exemple » demandée par le procureur, « Comme si nos prisons avaient besoin de ça ! », et rappelle que Marie est une jeune femme sérieuse, sans casier judiciaire, qui travaille et qui, très spontanément, le président l'a bien vu, a présenté des excuses.

4

Six mois avec sursis. Le président, sur le ton de la rengaine, rappelle à Marie que le sursis n'est pas une non-punition. Au prochain délit, le sursis se transforme en prison ferme et s'ajoute à la nouvelle sanction.

Mise à l'épreuve assortie d'une interdiction d'entrer en contact avec Alexandre Moreno, et d'une interdiction de se rendre dans le quartier Soquence où réside la victime.

600 euros de dommages et intérêts dont 300 pour l'officier de police Jamila Alaoui, 150 pour les lunettes et 150 pour le poignet des deux autres officiers.

L'accusée étant salariée, aucun arrangement de paiement n'est accordé.

De son côté, monsieur Alexandre Moreno s'engage à ne plus se présenter dans le bar dans lequel mademoiselle Leroy travaille pour ne pas porter préjudice à son emploi.

Il précise que c'est à son casier vierge que Marie Leroy doit le sursis.

Le juge n'a pas vraiment regardé Marie, mais les quelques coups d'œil qu'il a daigné lui accorder étaient pleins de la sévérité d'un père contrarié. Il a ajouté que la société ne lui donnerait pas indéfiniment de seconde chance. Elle a vingt-trois ans, c'est le moment de mûrir et d'anticiper les conséquences de ses actes. L'humiliation, si humiliation il y a eu, ne justifie ni l'agressivité ni la sauvagerie. Il faut trouver d'autres réponses aux blessures et frustrations que la vie ne cessera de lui infliger. Elle en est évidemment capable. Son dossier le prouve : pas de casier judiciaire jusque-là, un métier, une aptitude au dévouement pour ses proches, elle doit se prendre en main.

Affaire suivante.

La mortification et la tristesse s'enchevêtrent. Marie voudrait relever l'affront d'une semonce publique, lancée par un homme qui se donne des airs de proviseur et dont elle sait qu'il est incapable de mettre un sachet de tisane dans son eau chaude, mais ce sermon la renvoie à tout ce qu'elle n'a pas eu : une voix ferme pour la guider, à laquelle elle aurait pu s'opposer, auprès de laquelle elle aurait pu se construire, peut-être. Elle s'en étrangle presque, d'autant qu'après avoir récité sa belle leçon de morale, l'homme est déjà passé à autre chose, à la façon d'un acteur routinier qui pleure sur scène tout en pensant à son repas du soir.

En descendant les marches du tribunal, l'avocate commise d'office certifie à sa jeune cliente qu'elle s'en est bien sortie, et la jeune femme se demande si l'incident du bar n'a pas finalement joué en sa faveur. Elle semble un petit point gris sur ce vaste escalier blanc. Un petit point gris qui a désormais un casier judiciaire et ne pourra plus glisser la main dans les cheveux d'Alexandre. Elle tente de ne pas y penser et salue son avocate une dernière fois.

Alors qu'elle traverse, seule, le boulevard qui la mène à l'arrêt d'autobus, on pourrait presque voir derrière elle, comme tombés d'une poche trouée, des fragments de candeur.

Troisième partie

1

Fourrière : 142 euros. + 35 euros PV.
Heures supplémentaires Mado : 80 euros.
2 journées non payées café : 120 euros.
Procès amende : 600 euros.
Soit : 977 euros non prévus.

Comment se couche-t-on après un procès ? De quel sommeil ? Marie se glisse dans son lit froid. Elle regarde le plafond, repeint en bleu océan un dimanche d'ennui, d'une belle peinture mate et coûteuse, parce qu'elle avait observé que les plafonds des chambres sont ceux qu'on regarde le plus. Elle ignore si la couette parviendra cette fois à réchauffer ses os glacés par l'inquiétude et la peur. Demain il va falloir recommencer : se lever, travailler, rendre visite à Papa, sourire peut-être à un garçon, dormir. Condamnée à la même partition, sans issue. Alexandre portait à lui seul celle qu'elle rêvait d'être demain. Avec cette interdiction officielle de le voir, Marie se sent démasquée, réduite à sa pauvre humanité. Sans passeur, rien ne sera possible.

Le sommeil ne vient pas. Elle éteint puis rallume la lumière. Les murs ondulent, son armoire en contreplaqué est tordue et floue. Elle éteint à nouveau, préférant l'obscurité à cette chambre impressionniste et nauséeuse.

L'argent. Le chagrin. La frustration. La nuit est une caisse de résonance qui amplifie la moindre pensée morbide. Les fantômes, celui de sa mère, toujours déçue, mais aussi d'autres, non identifiés, rôdent dans la pièce, formant un bataillon hostile. Réfugiée sous sa couette, Marie refait les comptes. Elle est à découvert de plus de 600 euros et le mois n'est pas fini. La banque va se manifester très vite. Marie a déjà écopé d'une interdiction bancaire il y a deux ans et l'a vécue comme une infantilisation, un rappel quotidien de sa médiocrité. Elle se tourne et se retourne dans son lit. L'impasse est au bout de chacun de ses raisonnements. Elle calcule. Organise. Recalcule. Il lui faudrait 850 euros car depuis cet épisode elle n'a plus d'autorisation de dépassement. Personne autour d'elle ne possède cette somme-là. Une seule pensée finit par l'apaiser : elle va solliciter Erwan pour faire des heures supplémentaires dans les mois qui viennent. S'il accepte, elle lui demandera un justificatif qu'elle apportera à la banque, ils seront peut-être compréhensifs et lui accorderont un découvert, le temps que sa dette soit remboursée.

Répétés comme une litanie, ces mots font l'effet d'un narcotique paresseux ; les fantômes s'estompent peu à peu et le sommeil la gagne, enfin.

2

Réveillée à 6 heures du matin, et incapable de se rendormir, Marie a ouvert une cannette de Coca et allumé son ordinateur.

Alexandre ne l'a pas retirée de sa liste d'amis sur Facebook, alors elle traîne sur sa page. Elle remonte jusqu'à leur affrontement. Peu après, il a publié une photo de lui à l'hôpital, minerve au cou, avec une légende « Incident de parcours ». Ses proches ont multiplié les commentaires drôles ou inquiets, usant du ton uniforme d'un petit monde coopté. « *What the fuck ?* » a écrit l'un. « Mystère-land », a écrit l'autre quand il a compris qu'Alexandre ne lâcherait rien. Un troisième a même philosophé : « C'est dans l'épreuve que le grand artiste que tu es va se construire. » Un smiley amical a fait office de réponse. Est-ce parce qu'il a honte d'avoir été malmené par une femme qu'il dissimule les raisons de son hospitalisation ? Est-ce qu'il protège Marie ? Elle lui en veut presque de ne pas avoir porté plainte. Elle préférerait le mépriser que de ressentir cette indulgence. C'est d'ailleurs pour le mépriser qu'elle navigue sur son fil Facebook, à l'affût d'éléments qui anéantiraient cette attirance honteuse et persistante, condamnée par les tribunaux et par le sens commun : une amoureuse éconduite ne doit pas insister si elle ne veut pas paraître pitoyable.

Tout ce que Marie trouve sur la page du jeune homme, c'est l'opacité d'un monde qui s'autocommente et débat à coups d'expressions qu'elle ignore, sans faute de grammaire, un ailleurs si près de chez elle qui l'exclut encore davantage. Elle ne pense pas à mettre fin à cette torture, au contraire, elle l'entretient, masochiste jusqu'à l'os, ce matin. Les posts défilent. Alexandre communique sur ce qu'il fait, ce qu'il aime, ce qu'il voit. Le cinéma surtout ; quand il ne dessine pas, ce garçon passe sa vie dans les salles obscures ou devant son écran. Des noms exotiques jaillissent sous les yeux de Marie : Kaurismäki. Cronenberg. Bergman. Iñárritu. Elle s'attarde sur chacun comme si les lire sans erreur, c'était déjà les connaître un peu. Elle imagine derrière ces sonorités des histoires, des épopées extraordinaires, des paysages fabuleux sans penser qu'elle pourrait être une de leurs héroïnes, bien plus qu'Alexandre peut-être, ou n'importe quel autre de ses amis en ligne qui se hâtent de *liker*, complices.

Une nouvelle publication d'Alexandre apparaît. Marie se précipite, fébrile. Peut-être a-t-il vu qu'elle était en ligne ? Peut-être y aura-t-il pour elle un message caché ? Elle hait cet espoir venu d'hier, mais elle clique néanmoins et découvre un cliché partagé de lui et d'une jeune femme grande, à chevelure raide et lisse ; pas une fille musclée comme elle, à cheveux courts et noirs. Elle ressemble aux mots lus plus haut sur la page. Une jeune femme « *what the fuck* », ou « mystère-land », qui doit dire le genre de phrases qu'elle entend parfois au bar : « Tu as eu ton semestre ? » ou « On a un TD aujourd'hui ? ». La nymphe colle sa tête à celle du jeune homme à la façon d'une amie qui voudrait signifier une gémellité, une fraternité. En légende Marie lit : « Un *addict* du grand écran, pire que moi. *The same world.* »

Marie connaît le mot *world* mais ne se souvient pas de *same*. Le traducteur lui confirme ce qu'elle pressentait et qui la griffe encore : « Un *passionné* du grand écran, pire que moi. *Le même monde.* »

Elle boit une gorgée de Coca. Elle sait que la douleur va bientôt lui arriver au corps, de cette façon lente, infusée, qu'elle reconnaît déjà. Elle regarde dehors. Vos gueules les mouettes. Vos gueules le petit matin et les étoiles mourantes. Vos gueules la poésie d'un ciel sans mot, d'un monde sans elle, d'une liberté sans accès. Vos gueules les BM et les 4 × 4 aux moteurs qui narguent ses fenêtres de prolo. Marie referme son ordinateur. Marie pousse le bouton de l'halogène au maximum. Marie veut que le jour arrive et s'aveugler au premier soleil.

3

« C'est réglé alors ?

— Oui ça va, je suis libre, c'est bon.

— Et l'amende, tu vas la payer comment ?

— On verra ça. T'inquiète.

— Tu vas pas faire comme ta sœur ?

— Quoi… ?

— Victoria…

— Oui, Victoria, quoi ? Elle est partie.

— Voilà. Tu vas pas faire comme elle.

— Non. Y a pas de risque.

— Parce que je ferais comment, moi, si tu te barrais ?

— T'inquiète.

— C'est réglé, alors ?

— Dans l'ensemble, oui ! T'as pris tes médicaments ?
— Ouais.
— Et ton magnésium aussi ?
— Victoria, tu crois qu'elle appellerait ?! Tu crois qu'elle donnerait des nouvelles ? T'as des nouvelles, toi ?
— Ben, elle est à Paris, non ?
— Qu'est-ce qu'on en sait !
— C'est ce qu'elle nous a dit, qu'elle irait à Paris, tout ça…
— Si ça se trouve, elle traîne dans les rues.
— Mmm…
— Salope.
— Mmm. »

4

Enfiler ses Converse, rouler jusqu'au café, saluer Erwan, le remercier d'un hochement de tête silencieux, saisir dans son regard qu'il a compris. Il confirme en posant une main bienveillante sur l'épaule de Marie. Ce sera tout. Aucune autre référence ne sera faite à « l'incident d'ordre privé » (c'est ainsi que l'absence de Marie est résumée parmi le personnel) qui a éloigné la jeune femme durant deux jours. Les premiers mots que le patron prononce sont : « La douze n'a pas eu son addition. »

Marie a choisi de ne pas aborder la question des heures supplémentaires tout de suite. Il y a toujours un moment dans l'après-midi où l'activité se calme. En attendant, elle ne se concentre que sur ça : servir. Servir. Servir, pour se donner du courage et se montrer indispensable. Soigner ses gestes. Être disponible. Afficher ce masque de douceur sympathique qui convient à toutes les clientèles. Ravaler ses larmes. Pas de débordements. Répondre si on lui parle. Rire si elle pressent qu'il faut rire. Hocher la tête quand untel ou untel, avec la colère insouciante de celui qui va plutôt bien, s'insurge contre une injustice.

Tout à l'heure elle aidera Sandra à la plonge (déjà mère, Sandra a la gestuelle assurée et efficace de celles qui affinent leur liste de courses tout en évoquant le week-end à venir et en indiquant d'un coup de menton la marmite à essuyer ou la soupière à reprendre) ; elle astiquera les miroirs du bar en montant sur les tabourets pour les nettoyer jusqu'en haut et anéantir la moindre trace suspecte ; elle se tuera à frotter, comme si elle se nettoyait elle-même.

Puisque Alexandre ne veut plus d'elle, et que la justice a entériné cette rupture, il n'y a plus rien qui la fasse sautiller dans les travées.

5

Erwan a dit non pour les heures supplémentaires. Il ne peut pas tout lui accorder. Il doit faire travailler l'ensemble de ses employés ; cela aurait été avec plaisir si l'un ou l'autre devait s'absenter, mais ce n'est pas le cas. Tout le monde a besoin d'argent en ce moment, on ne sait pas pourquoi. Est-ce l'effet « rentrée des classes » ? Est-ce l'inquiétude de l'avenir ? Sandra a un enfant en bas âge, Leila prend ses cours de théâtre et de musique. Éric, le barman, est son pilier, il est irremplaçable. Le jeune patron affiche un air désolé sur lequel on ne peut pas revenir ; aucune prise, aucun espace. Il veut garder sa part d'humanité. Il sait que cela pourrait lui arriver, à lui aussi, un jour, de demander quelque chose, mais il préfère l'équilibre de son équipage à une empathie inappropriée.

La jeune femme a quand même sondé directement Leila et Sandra qui ont confirmé les dires d'Erwan : elles ont besoin de leurs heures.

Ça cogne dans la tête de Marie. Elle n'aura pas de garanties à donner à la banque. Il lui faut 850 euros le plus rapidement possible. Elle regarde les attablés du café. Ce couple, là, doit bien avoir cette somme pas loin. Elle est sûre que le contenu de leur portefeuille est à la hauteur de leur bon goût en termes de vin blanc. Ou bien cette femme, seule, ici, avec un carnet et un stylo rutilant, qui prend sans cesse des notes. Elle a commandé à la fois une orange pressée et un café, « pour réveiller la bête », a-t-elle dit à Marie avec un sourire sympathique, sans se soucier un instant des 6 euros que cette double consommation lui coûtera. Ceux-là, les deux vieux n'ont sans doute rien en poche, mais celui-ci, vingtenaire en baskets à logo, a probablement des billets qui traînent, retirés sur son compte « jeune », régulièrement alimenté par ses grands-parents. Marie s'agite et vacille. La brasserie Chez Erwan est devenue le camp de base d'une société regorgeant de ce qu'elle n'a plus : du confort et de l'espérance.

6

Madame, le solde de votre compte ne permet pas actuellement d'honorer le chèque numéro 4855031 d'un montant de 142 euros ainsi que le prélèvement FR43ZZZ005884 d'un montant de 600 euros. Nous vous invitons à régulariser cette situation avant cinq jours. À défaut, conformément aux dispositions de l'article L131-73 du Code monétaire et financier, nous vous informons que nous serons contraints de rejeter ce chèque pour défaut de provision suffisante. La mise en œuvre de cette mesure qui s'impose à notre établissement entraînera votre interdiction bancaire pendant cinq ans. En cas de régularisation, nous vous prions de noter que les frais résultant de cette lettre d'information seront prélevés conformément aux conditions tarifaires en vigueur à ce jour.

La jeune femme déambule dans les rues du Havre avec une boule au cœur, une envie de pleurer permanente, si loin de son énergie farouche d'avant. Ce poids dans la carcasse est aussi lourd que le globe en acier que son professeur de gymnastique lui demandait de lancer le plus loin possible, quand elle était au lycée.

Aujourd'hui, tous ces agités autour d'elle lui paraissent porter le même fardeau. Meurtris, handicapés. Même cette mère, là, avec ses deux enfants adorables qui éclatent de rire, lui évoque une actrice de publicité bon marché. Marie voit, en transparence, son squelette et ses plaies ouvertes et elle sait que sa progéniture est en sursis. De futurs éclopés et de futurs morts.

7

Il est là, le juge. Installé à l'autre bout du café, dans ce coin qu'il apprécie et choisit souvent. Ce n'est pas une surprise finalement. Il doit avoir non loin un rendez-vous régulier car il vient souvent au bar en fin de journée, peut-être une fois par semaine ou tous les dix jours. Il attend sa tisane.

En pantalon taille basse et bustier à dentelles, Leila, virevoltante, s'occupe de lui. Marie ne l'a pas encore vu. Elle va de l'un à l'autre, trajectoire aléatoire entre le bar, la salle, l'éponge, le torchon, le petit mot poli.

Le juge lit le journal, mais régulièrement, les deux iris bleus de son visage rond et viril la localisent, avant de revenir à leur lecture. Ce petit jeu dure déjà depuis un moment quand Marie le remarque. Elle s'immobilise, terrifiée, comme s'il avait encore le pouvoir de la juger, ou de révéler à l'assemblée les sentences auxquelles elle a eu droit. La serveuse voudrait reprendre, neutre, son activité, mais le client lui fait signe de venir d'un geste autoritaire qui n'échappe pas à Erwan.

« Vous allez bien ?

— Bien, merci. Ça va.

— Vous êtes le cas Leroy, c'est ça ?

— Oui. Leroy.

— Vous avez repris votre travail alors ?

— Oui, vous voyez. Merci.

— De quoi ?

— De… de rien. Vous voulez boire quelque chose d'autre ?

— Non. (Il laisse passer un temps avant d'ajouter :) Je prendrai une tarte Tatin.

— …

— …

— Je m'en occupe. »

Le juge ne daigne pas sourire et replonge dans son journal, un *Figaro* convenable dont il décortique chaque page comme s'il craignait qu'une information lui échappe.

Marie s'affaire : d'abord répondre à Erwan et son « Il voulait quoi ? » par un évasif « Une tatin, parce que je lui avais offert l'autre fois… » puis faire diversion en feignant de chercher la crème fraîche pourtant sous ses yeux. Ensuite, dompter cette peur ridicule, puisque le procès est passé et la sanction irrémédiable. Si Alexandre est dorénavant indésirable dans ce lieu, le juge, lui, n'a aucune raison de ne plus s'y rendre. Souffler donc, et s'appliquer à sa tâche. Lutter contre le vertige et le désordre.

Mais le cerveau bifurque, habile, il a des urgences à régler, lui, des motifs d'insomnie qu'il fait remonter à la conscience en quelques lettres et chiffres transparents : 850 euros. Interdit bancaire. Marie met la crème fraîche dans le ramequin. *850 euros. 850 euros. 850 euros. Interdit bancaire.* Elle choisit la grande cuiller fine qu'elle posera sur l'assiette et jette un regard au juge encore, à la sauvette. *850 euros*. Ce n'est plus confus désormais. Le raisonnement se met en ordre. *850 euros*. Un juge, ça a ce genre de somme, peut-être même dans son portefeuille. Un senior, en plus, ça n'a plus de crédit et ça a de belles montres. Un juge répond présent aux trois chiffres côte à côte : *850*. La minuterie indique à Marie que le four a réchauffé la tatin, alors elle ouvre la porte et extrait le dessert. Le cerveau dit : Voler ? Mais non. Marie ne sait pas voler. Elle n'a même jamais essayé. Sa sœur, elle, s'est fait prendre plusieurs fois avec des gâteaux Pim's ou des Chamallows sous sa doudoune, des boucles d'oreilles ou des soutiens-gorge sexy dans les poches interminables de ses baggies, mais Marie, moins frustrée qu'elle par leur niveau de vie, préférait flotter et se satisfaire des récits de fraudeuses de ses camarades. Mais aujourd'hui ? Voler. Elle mesure le risque, important, casier judiciaire oblige. Le cerveau bifurque : demander ? Marie déteste ce verbe aux sonorités humiliantes. Elle se souvient pourtant de son catéchisme, « Demande et tu recevras », mais elle se souvient aussi de la phrase péremptoire de son père : « Je me suis fait tout seul. Je n'ai jamais rien demandé à personne. » (Et c'est quoi que tu as fait tout seul, boloss ? Tes maladies imaginaires ? Moi et ma sœur enfuie ? Ton chômage à cinquante ans ?) Et alors que la main se brûle en récupérant la tatin dans le four, le cerveau confirme : Demander, oui.

La tarte Tatin ne doit pas se renverser sur le trajet du comptoir à la table.

Marie sert le juge qui la remercie. Plantée là, Converse collées au sol carrelé, elle reste harponnée à son sauveur, croit-elle, au contact de l'oxygène possible, du rayon de soleil.

« Ça va ? (Le juge s'étonne de sa paralysie.)

— Si je veux vous demander quelque chose, je fais comment ?

— Me demander quelque chose à moi ?

— Oui.

— C'est urgent ?

— …

— Si c'est urgent, allez-y.

— Pas ici. Mais oui, c'est urgent. »

L'homme considère sa détresse, son beau visage dépendant. Il se renfrogne, comme s'il regrettait d'avoir donné à cette gamine de quoi s'accrocher à lui. On ne doit pas parler aux gens. Si on veut la paix, on ne doit pas laisser l'inconnu entrer. Mais il faut répondre : « Pas ici… ? Où ? — Je sais pas. — Vous êtes en voiture ? » Marie acquiesce, ce qui semble combler le juge. Alors, qu'elle le rejoigne dans une heure et quart, après son rendez-vous, à l'angle de la rue Siegfried et de la rue du Chillou. Elle le ramènera chez lui et elle lui expliquera à ce moment-là ce qui la préoccupe. « Ça va ? » Marie dit « Oui, ça va ». Elle finit dans une demi-heure, elle l'attendra.

8

La musique est comme un puits dans lequel on se réfugierait, un lieu sûr, profond, où personne ne vous trouve, c'est pour cela que Marie en écoute souvent, et de toutes sortes. Petite, déjà, quand Victoria gueulait contre leur mère, « jamais disponible, toujours à s'occuper des autres », et que l'escalade des cris démarrait, Marie mettait la musique dans son iPod, trésor donné par un voisin aisé qui renouvelait sans cesse les gadgets high-tech de sa progéniture puis distribuait généreusement aux alentours les appareils démodés. Ce passionné de hi-fi avait passé presque une heure à lui expliquer les basses, les aigus, la dynamique, la réverb'. Ils avaient pris chacun une oreille du casque et s'étaient plongés dans une symphonie à plein volume. « Pour que tu profites, il faut un champ sonore très large et un excellent niveau de détails. Ça permet une écoute très profonde, très immersive, tu entends ? » Il lui avait rendu la deuxième oreille du casque puis avait remis le morceau au début afin que cette fois, elle perçoive le son dans toute son étendue.

Aux inflexions de la voix nasale et folk de James Blunt, Marie observe les oiseaux sur les câbles électriques, et derrière eux, la course des nuages. Ainsi passe le temps vide, dans les rues en béton aux colonnes épaisses, uniquement tourné vers ce qu'il faudra obtenir tout à l'heure. 850 euros.

9

Le juge apparaît au bout de la rue, et son regard cherche immédiatement la jeune femme. Une pluie fine, venteuse et agaçante s'est invitée et contrarie l'impatient. Dès que Marie l'aperçoit, elle s'extrait de sa voiture et se montre.

Il râle. S'installer à l'avant d'une Fiesta, avec son poids, son gabarit, « c'est une torture ». Il s'indigne contre les normes des constructeurs automobiles, leur pensée unique, leur ignorance totale de la dimension des corps que les véhicules sont censés abriter. Il faudra qu'on lui explique comment des types suffisamment intelligents pour construire des véhicules à moteur peuvent échouer sur une question aussi simple que la largeur d'un siège. Préférer le coude d'un passager à son cul, c'est une erreur grave. Très. Tandis qu'il s'agite pour attacher laborieusement sa ceinture en maugréant, Marie active la clé dans le démarreur, ajuste son rétroviseur, enlève le frein à main. Ça doit monologuer à longueur de journée dans la tête de cet homme, ça doit penser sur tout, à tout, tout le temps, pour qu'un marmonnement incessant lui sorte ainsi de la bouche.

Enfin installé, le juge donne les consignes : il habite vers l'église Saint-Vincent-de-Paul, il faut la contourner, prendre à gauche et monter sur la colline en direction du fort. « C'est beau par là… », tente la jeune femme qui n'obtient pas mieux qu'un « Allons-y, allons-y… ».

Essuie-glace. Clignotant. Marie s'applique. Il s'agit de montrer combien sa conduite est responsable, combien on peut lui faire confiance, car il lui en faudra, de la confiance, s'il lui prête de l'argent tout à l'heure. Les jolies maisons commencent à se dresser et elle feint de s'y intéresser. Elle voudrait gagner du temps encore, retarder l'embarras de la requête. « Votre question n'a rien à voir avec le procès, j'espère ? »

Marie laisse échapper un petit rire présomptueux et artificiel ; elle connaît les règles, quand même. Il ne faut pas croire.

« Là, c'est à droite. » Il faut qu'elle continue sur cinq cents mètres et qu'elle se gare.

« Je me gare ?

— Il va bien falloir me le demander, le truc que vous voulez me demander. »

Il y a des jours où l'amertume vous inonde le palais comme un relent de gueule de bois. Des jours où lutter a un drôle de goût rance. Mais il faut bien se lancer, alors la parole fuse, désordonnée, continue. Marie dit que oui bien sûr, elle veut le solliciter pour quelque chose, mais ça ira vite. Elle s'excuse d'ailleurs de ne pas l'avoir encore fait, mais elle voulait rester concentrée sur l'itinéraire. Elle précise qu'elle conduit bien, et beaucoup, mais ça ne l'a pas empêchée de faire un tête-à-queue une fois sur la route d'Oudalle pour aller chez son père qui a besoin d'elle presque quotidiennement, peut-être d'ailleurs le juge s'en souvient-il parce que l'avocate l'a dit au procès, que c'était elle qui subvenait en partie aux besoins de son père, et c'est dans la même phrase, dans la même expiration, qu'elle ajoute : « J'ai besoin de 850 euros. Justement. À cause de l'amende. À cause de la fourrière. Des heures sup de Mado. Voilà. C'est urgent. Et personne ne peut me les prêter. Je n'ai pas de recours. La banque veut me mettre en interdit bancaire. Je ne peux pas me le permettre. Je n'aurai plus de moyen de paiement. Personne dans mon entourage n'a 850 euros à prêter.

— 850 euros ?

— Oui. »

Le moteur ne ronfle plus et le silence soudain accentue le caractère bourgeois du paysage, arboré et touffu. Marie connaît les mouettes, le vent, et le bruit des vagues, mais dans son béton il n'y a pas de verdure. Quelques espaces de gazon épars servent de pissotière pour les chiens indifférents aux odeurs de fioul des cheminées Total et des cargos voisins. Ici, les grandes clôtures cossues forment avec les arbres et les lampadaires un enclos vertical au cœur duquel Marie, enfoncée dans le siège de sa voiture, se sent minuscule.

Le juge a tourné la tête vers elle. Il la considère. Il finit par dire mollement : « Venez avec moi. »

10

Bien sûr, Marie y a pensé. Quand elle a monté les escaliers pour rejoindre le perron élégant, quand l'homme a sorti son trousseau et jeté un œil vers elle, quand il l'a fait entrer dans son hall austère et sombre. Elle y a pensé parce qu'on y pense forcément, quand on est une jolie jeune femme, aux petites étudiantes qui arrondissent leurs fins de mois sans rechigner. On pense à la misère que cela doit être de payer pour s'encanailler un peu. Elle a conclu que c'était cela qu'il allait faire, peut-être, lui donner ses 850 euros contre un ou plusieurs petits services rendus à la justice. Qu'il essaye. Il la trouverait. Même si elle n'a jamais été bagarreuse, Marie a quelques restes de rixes avec les garçons et des parties à atteindre pour calmer leurs ardeurs. Son imagination caracole, alors elle prend une grande inspiration pendant que le juge allume les lumières révélant un vieux papier peint jaunâtre de mauvais goût, un hall en désordre jonché de cartons entrouverts, de chaussures mal alignées, et d'un portemanteau croulant sous les gabardines. L'homme s'avance sans un mot, éclaire le salon au bout du couloir et finit par lâcher : « Entre, assieds-toi, j'arrive. »

Le tutoiement confirme l'intuition de Marie. Elle répète « putain » dans sa tête, sans même réaliser que le mot est bien choisi, pour une fois.

11

Le juge revient et pose devant elle deux verres de whisky qu'il remplit généreusement. « Il est tourbé mais il est bon. » Marie remarque un livre épais qu'il a coincé entre ses genoux le temps du service. Elle se demande s'il recèle un Kamasutra sophistiqué qu'elle aurait à consulter avant l'acte. Puis elle se préoccupe davantage de son équilibre précaire que de son contenu, comme si sa chute possible avait à voir avec la sienne.

Une fois les verres remplis, l'hôte s'empare de l'objet et s'assoit pour le feuilleter. Marie ne distingue toujours pas sa couverture. Pour se donner une contenance, elle saisit son verre, en avale une gorgée (le degré d'alcool lui rappelle ses soirées avec les marins quand elle était en seconde et qu'elle traînait sur les docks avec ses copines de clopes) et regarde autour d'elle. Il y a des revues et des journaux partout dans ce salon, sur les tables, sur les chaises aussi, et des gravures affichées aux murs qu'elle ne parvient pas à déchiffrer. Sur l'une d'entre elles, écrite d'une typographie plus large, le titre se détache clairement : *Déclaration universelle des droits de l'homme*. Le papier vieilli est mis sous verre. Les reflets n'aident pas à décrypter ce qui est imprimé en plus petit, mais l'article 3, plus court, se détache des autres : *Tout individu a droit à la vie, à la liberté, et à la sûreté de sa personne.*

L'extrait est encadré dans un écrin doré, tout comme d'autres encore tout le long du mur, disposés en quinconce. Cette fière exhibition des droits de l'homme et du citoyen sur les murs du salon devrait la rassurer, mais elle a déjà expérimenté l'hypocrisie des hommes ; elle se méfie des beaux discours, des titres ronflants, des vendeurs de bonbons. Chez elle, les murs sont beiges et sans ornement. Chez son père, en revanche, les cloisons sont émaillées de posters de hangars géants, anciens, modernes, architecturaux et futuristes. Papa dit souvent « C'est beau » et, sans savoir d'où lui vient cette passion étrange, Marie reconnaît que c'est beau, oui, ces grands espaces de ferraille, de poutres, de bois.

« Je les connais par cœur », dit le juge en levant un œil vers les encadrés. Il trouve l'article 13 particulièrement drôle : *Toute personne a le droit de circuler librement et de choisir sa résidence à l'intérieur d'un État. Toute personne a le droit de quitter tout pays, y compris le sien, et de revenir dans son pays.* Marrant, non ? Il rit d'un rire sonore et rond. Voilà un article appliqué à la lettre par ses frères humains ! Et il rit à nouveau. Pelotonnée dans le canapé en vieux velours, Marie ne répond pas. Les mots récités n'ont pas pris sens dans son cerveau. Elle ne perçoit rien de risible. Devant la stoïque neutralité de Marie, le juge se décourage et ordonne : « Lis. » Et il précise en tendant le livre : « C'est le Code du travail. Lis à haute voix. » La jeune femme en déduit qu'elle n'a pas le choix.

Article L8221-5

Est réputé travail dissimulé par dissimulation d'emploi salarié le fait pour tout employeur :

1° Soit de se soustraire intentionnellement à l'accomplissement de la formalité prévue à l'article L. 1221-10, relatif à la déclaration préalable à l'embauche.

2° Soit de se soustraire intentionnellement à la délivrance d'un bulletin de paie ou d'un document équivalent défini par voie réglementaire, ou de mentionner sur le bulletin de paie ou le document équivalent un nombre d'heures de travail inférieur à celui réellement accompli, si cette mention ne résulte pas d'une convention ou d'un accord collectif d'aménagement du temps de travail conclu en application du titre II du livre Ier de la troisième partie.

« Tu as compris ? interrompt le juge.

— Pas trop…

— Ça veut dire que, soit je te prête de l'argent, et je ne le reverrai jamais. Soit je te paye pour un travail de la main à la main, mais toi et moi, on se met hors la loi. »

Il spécifie : le « travail dissimulé » est un délit passible de trois ans de prison, 45 000 euros d'amende. Et c'est valable tant pour les entreprises que pour les particuliers. En cas de litige avec l'employé ou en cas d'accident, les dommages et intérêts peuvent monter très haut. Marie attend dans l'espoir de précisions supplémentaires qui n'arrivent pas, alors elle murmure :

« Mais me déclarer à faire quoi ?

— Ce que tu as très bien fait à l'instant : me conduire.

— En voiture ?

— Exactement, en voiture. »

Quatrième partie

1

Marie est rentrée chez elle et a recompté les billets. 850 euros. Tout est là. Elle se félicite de son audace et fait passer les billets providentiels de sa main droite à sa main gauche en un jeu régressif et rassurant. Demain, elle ira voir son banquier. Plus d'enclume dans son ventre. Elle pourra à nouveau courir sur les trottoirs ou chanter dans sa voiture. La fenêtre est ouverte et les mouettes fêtent avec elle sa libération. Selon les jours, les becs hurlent leur peine ou manifestent leur joie. Selon les jours, le ciel gris-blanc augure la fin du monde ou annonce le retour du soleil.

De son canapé moelleux de solitaire, Marie se met à pousser de petits cris de mouette, et un duo s'instaure entre la soliste et le chœur. C'est drôle et il vaut mieux pour son matricule que personne ne la voie ainsi, piaillant tel un oiseau, tout en manipulant de maigres billets de banque qui lui paraissent un trésor. Elle finit par murmurer les seuls mots qui lui viennent aux lèvres, si modestes au regard de ce qu'elle ressent : « Trop bien », et s'avachit, bras et pieds en croix.

Les termes de l'accord passé avec le juge lui reviennent en tête : le conduire, selon ses besoins, le matin et en fin de journée, au tribunal ou partout ailleurs où ce sera nécessaire, sur la base d'un salaire non déclaré qu'il a calqué sur ceux d'un chauffeur privé en véhicule économique. Soit 12 euros la réservation, 0,28 centime par minute, et 1,10 euro du kilomètre. Une course ordinaire, de chez lui au tribunal, équivaudrait à 20 euros (bien plus qu'un taxi, avait-il précisé). Ce qui signifie qu'elle aura en moyenne une cinquantaine de courses à effectuer pour lui. Ils pourront éventuellement fixer un forfait pour les trajets fréquents. Il affinera rapidement la question.

La précision du juge est apparue à la jeune femme comme un gage de sérieux. Elle lui a dit qu'elle souhaitait lui laisser tenir les comptes. Il a accepté et promis qu'il les consignerait par écrit de façon qu'il n'y ait pas de problème entre eux.

Les yeux vagabonds de Marie considèrent le livre rouge posé sur la table basse, un Code pénal que le juge lui a offert avant son départ, alléguant qu'il l'avait en quatre exemplaires et se servait davantage du Code civil. Plus tôt, il a disserté sur le pacte de confiance et de discrétion entre eux. Il a mâchonné de longues phrases dont Marie a retenu l'essentiel : il n'a « pas envie d'avoir d'emmerdes » ; il lui demande donc du sérieux, de la ponctualité, et surtout de respecter les conditions de la mise à l'épreuve prononcée par le tribunal. Il compte sur elle sur ce point. Elle a opiné, accepté poliment le livre, l'argent liquide, et s'est précipitée dans la nuit fraîche de fin d'été.

Ce Code pénal, il va bien falloir le ranger, mais où ? Son salon ouvre sur une petite cuisine américaine, séparée par un comptoir étroit sur lequel il y a déjà beaucoup d'ustensiles de cuisine qui n'ont pas trouvé leur place dans cet espace trop exigu. Le meuble de télévision abrite déjà les décodeurs et la console de jeux ; des câbles emmêlés envahissent l'étagère restante. Elle a aussi une desserte en formica dans le prolongement du mur ; des bibelots sans valeur y sont postés depuis l'éternité et prennent toute la place. Elle pourrait les entasser un peu plus pour libérer de l'espace ? Dans sa chambre, elle n'a pu glisser qu'un lit et une table de chevet sur laquelle trône une lampe trop grande, qu'elle laisse allumée les soirs d'inquiétude.

Dans cet appartement, on ne trouve pas de bibliothèque, car, si on y pense, il n'y a pas un seul livre à ranger. Pas même une bible. Certes, elle pourrait glisser le cadeau du juge dans une boîte sous le canapé, comme elle le fait avec certains objets qui ne lui sont pas utiles immédiatement, ou le poser sur le plancher du placard de sa chambre, avec ses chaussures, aux côtés desquelles il lui arrive de stocker des vieilleries qu'elle ne se résout pas à jeter, mais quelque chose la retient. Résignée, et sans solution, elle l'abandonne sur la table basse.

2

Le juge lui a donné rendez-vous à 9 heures précises. Stationnée devant chez lui, Marie a coupé le moteur mais laissé la radio : NRJ. Cette station lui rappelle son enfance et la change des présélections de son smartphone. On y diffuse des titres que sa sœur et elle chantaient à tue-tête dans sa chambre quand leur père n'était pas là. Elles se mettaient face à face, sa petite silhouette à elle en miroir de la longue envergure de sa frangine, et elles hurlaient. Marie tentait d'imiter Victoria qui faisait tout mieux qu'elle (sauf à l'école, car Victoria avait eu une scolarité désastreuse. Elle avait attendu ses seize ans comme on attend Noël, bataillant contre la lenteur du temps à coups de shit et de garçons consommés en série. L'un d'eux la sortirait un jour de ce bourbier, elle en était sûre). Victoria bougeait bien, chantait fort et juste, riait. Elle aurait pu devenir une star, mais aucun agent n'est passé au village. Aucun dénicheur de talents n'est venu aux spectacles de fin d'année du collège. Aucun voisin n'a alerté son cousin producteur en entendant la voix virtuose de Victoria qui chantait dans sa chambre. Pourtant, les deux sœurs laissaient la fenêtre ouverte.

Le juge sort de chez lui et se dirige vers la voiture. Un vieux GPS à la main, il salue et s'installe. « Tu sais te servir de ce truc ? Alors, entre cette adresse. » C'est celle d'un antiquaire à Montvilliers qui a déniché pour lui une reproduction de la Déclaration des droits de l'homme calligraphiée en chinois et sous verre. Cette précision est donnée avec une gourmandise qui échappe à Marie, déjà concentrée sur la programmation du système de géolocalisation. Ils récupéreront l'objet rare, repasseront ici pour le déposer, puis ils iront au tribunal. Ce sera tout pour aujourd'hui. Elle obtempère. Ne rien dire qui heurte. Certes, il ne pourrait pas lui reprendre ses billets de banque, mais Marie en a entendu dans son enfance, des histoires de notables versatiles. Sa mère, qui confectionnait beaucoup de « sur mesure » pour eux, les admirait et les craignait précisément pour leurs volte-face. Son père la raillait. Qu'avaient-ils de plus, « les riches » ? Terme auquel il préférait parfois celui de « bourgeois » toujours précédé de « ces salauds ». « Ils ont de plus qu'ils changent d'avis tout le temps », répondait Isabelle, aussi sûre de son fait que si on lui demandait le fonctionnement de sa Singer.

Alors que Marie poursuit sa programmation, NRJ retentit toujours dans l'habitacle (*Ah il aurait dû y aller/Il aurait dû le faire, crois-moi*...). Le juge, flegmatique, demande à la jeune femme si elle a son permis sur elle. « Ben… oui, bien sûr. — Je peux le voir ? » Marie se contente d'acquiescer poliment parce qu'on ne répond pas « *sorry*, j'ai pas quatre mains » ni d'ailleurs « la confiance règne » à un juge devenu son créancier. Pendant qu'elle se contorsionne pour attraper sa pochette à l'arrière, l'homme en profite pour changer de station de radio. Il cherche au hasard puis son choix se porte sur une émission apparemment animée, où tout le monde parle en même temps, comme si l'avenir de la planète dépendait de l'issue de la discussion. Il contrôle les papiers et ordonne : « On y va. »

3

— L'homme ordinaire est soucieux de la vérité ! On ne peut pas sans cesse la remettre en question !

— Mais qu'entendez-vous par « vérité » ?!

— Les faits. Tout simplement les faits. On ne peut évoluer dans un monde où tout le monde ment. « L'inconstance parfaitement assumée fait partie de la logique du discours totalitaire ! » ce n'est pas moi qui le dis, c'est Hannah Arendt.

Au premier feu, Marie redresse légèrement son dossier, comme si la présence du juge changeait son rapport à la géographie du véhicule.

— S'il n'y a plus qu'une vérité inconstante, nous nous dirigeons vers la dictature. L'homme a besoin de repères pour avancer. De piliers.

— L'homme a besoin de Dieu, ça ne veut pas dire qu'il y a un Dieu. L'homme a besoin de vérité, ça ne veut pas dire qu'il y a UNE *vérité !*

— Ne me caricaturez pas !

— S'il vous plaît… s'il vous plaît… ne parlez pas tous en même temps, on ne comprend rien.

Elle rectifie cette fois la position de son rétroviseur. Elle aime qu'il y ait une parfaite symétrie dans le cadre du petit miroir et que la poignée de sa portière arrière apparaisse clairement dans l'angle droit.

— Nous ne pouvons pas nous résoudre à la post-vérité. Pensez à Foucault et Derrida et la « french theory » !

— Mais pour qu'il y ait une post-vérité, encore faudrait-il qu'il y ait une vérité.

— Pas tous à la fois s'il vous plaît !! Pouvez-vous expliquer à nos auditeurs le concept de post-vérité ?

Le juge râle. On n'y comprend rien s'ils parlent tous en même temps. Quel mot le premier locuteur a-t-il employé ? Marie, qui n'écoutait pas, est surprise par la question. Prise en faute, elle réagit en lycéenne, essayant de se souvenir de la musique des phrases prononcées, encore fraîches dans sa mémoire auditive. Elle tente : « fausse vérité » ? Mais son passager affiche une moue consternée. Qu'importe. Il se concentre. Cette fois, Marie, craignant d'être prise au piège à nouveau, écoute.

L'animateur a la parole. Il rappelle à ses invités l'exemple d'André Comte-Sponville, dans le *Petit traité des grandes vertus*, choisi pour s'opposer à la raideur morale de Kant qui affirme qu'il faut toujours dire la vérité car le simple fait de mentir est un affront fait à l'humanité.

Voilà ! Comte-Sponville s'inspire de Constant, hein... Je raconte : Un homme, allez... imaginons même un prêtre ! Un prêtre cache un enfant juif pendant la guerre. On sonne à sa porte et ce sont les bottes nazies qui se tiennent là. Ils ont entendu dire qu'un enfant juif était caché ici. Ils demandent au prêtre si c'est vrai. Que doit faire le prêtre ? Dire la vérité ? Valeur morale essentielle pour l'homme en soutane qu'il est ? Dire la vérité et envoyer un enfant vers la mort en le livrant aux nazis ? Ou mentir et trahir ses valeurs... Mentir et sauver la vie d'un enfant... ?

Les invités s'apprêtent à répondre en chœur mais l'animateur les interrompt : non, non pas tout de suite. D'abord, une plage musicale. D'abord, Bruce Springsteen.

Soulagée par l'arrivée des accords rock planants de l'artiste fin XXe siècle, Marie relâche son attention et souffle, tout en obéissant aux ordres du GPS-dinosaure (« Empruntez le rond-point et prenez la troisième sortie »).

4

Le juge a baissé le volume. La musique le fatigue dès lors qu'elle outrepasse un certain niveau sonore. Les pensées de Marie vagabondent au gré de la voix rauque du chanteur. C'était donc la « vérité » le sujet du débat agité, tout à l'heure ? Elle savait qu'on pouvait s'empoigner à propos de politique, ou de sport, mais à propos de « vérité » ? Est-ce de la philosophie ? La mère d'une camarade de classe, lorsqu'elle avait appris que Marie ferait chaudronnerie plutôt que de suivre une filière générale, avait regretté pour elle qu'il n'y ait pas de philosophie en bac pro. Cette observation lui avait semblé saugrenue. Dans son esprit encore immature et rêveur, une matière en moins valait forcément mieux qu'une matière en plus. En outre, le mot « philosophie » ne lui évoquait encore rien, à part dans l'expression « philosophie de vie », qu'elle comprenait comme « art de vivre », et qu'elle avait entendue ici ou là, dans des émissions de télévision.

Un enfant juif caché par un prêtre, qui ne ment jamais. Un nazi qui frappe à sa porte et demande : « Y a-t-il un juif caché là ? » Marie ne voit qu'une réponse : mentir. Mentir, même si on s'est toujours juré de dire la vérité. C'est limpide et ne fait pas débat en elle. Pourtant l'hypocrisie (c'est ainsi que dans la cour d'école on désignait les filles sournoises ou menteuses, « c'est une hypocrite ») lui est insupportable. Alexandre en a fait les frais. Alors pourquoi dans ce cas précis, le mensonge lui semble-t-il la seule solution ? Ce paradoxe lui fait l'effet d'une impasse qui surgirait sur une route de montagne. Elle regarde en coin son passager silencieux. Réfléchit-il à cette anecdote ? Et s'il n'avait pas le même avis qu'elle ? Et s'il considérait qu'il faut dire la vérité ? et tant pis pour l'enfant juif. Dire la vérité, toute la vérité, rien que la vérité. Ce serait logique pour un juge.

Et comme s'il avait entendu le juge grommelle : « *Article 122-7*

N'est pas pénalement responsable la personne qui, face à un danger actuel ou imminent qui menace elle-même, autrui ou un bien, accomplit un acte nécessaire à la sauvegarde de la personne ou du bien, sauf s'il y a disproportion entre les moyens employés et la gravité de la menace. »

Il ajoute : « Et voilà ! », comme si la question était réglée.

5

Un petit rituel s'installe. Marie a donné son emploi du temps au juge et, par SMS essentiellement, il se manifeste quand il a besoin d'elle. En fin de journée, il fait les comptes et lui montre un calcul auquel elle jette un œil confiant. Elle l'a déjà accompagné à plusieurs reprises faire des courses et, presque quotidiennement, au palais de justice. Il s'y rend et en revient toujours chargé de lourds dossiers qu'il pose sur la banquette arrière. C'est après avoir épluché cette paperasserie, au bout de la nuit, qu'il pourra prendre sa décision. Quand, à la faveur d'un créneau ou d'une marche arrière, le regard de Marie tombe sur la pile de documents, elle éprouve un mélange d'admiration et d'incrédulité. Il faut être un ordinateur ou un génie pour pouvoir absorber tout ça.

Une fois aussi, un soir, elle l'a conduit chez une femme dans les hauteurs de la Fontaine-Mallet, où elle est allée le rechercher le matin. (Une maison blanche aux baies vitrées, un parc bien entretenu, un coupé sport garé devant.) Il n'a pas commenté cette visite et la jeune femme ne l'a pas questionné.

Pendant leur temps de transport, le passager de Marie continue d'imposer ses stations de radio. Ce sont toujours des émissions bavardes, des voix, douces ou virulentes, qui s'expriment autour de sujets déconcertants sur lesquels la jeune femme s'efforce de se concentrer un tant soit peu, au cas où l'homme aurait mal entendu tel ou tel mot et lui demanderait de répéter. L'idée qu'une émission de radio puisse activer une communauté de cerveaux sur le même thème et en même temps, sur tout un territoire, la déroute et l'amuse.

— *Est-ce que vous avez le sentiment que vous pourriez vous revendiquer de Satie et d'une manière plus globale, ne pensez-vous pas qu'aujourd'hui, quand on est compositeur, faire référence à Satie c'est un peu se tirer une balle dans le pied ?*

— *J'entends derrière votre question « est-ce que la musique d'aujourd'hui peut être mélodique ? ». Et j'ai envie de vous répondre « pourquoi la musique d'aujourd'hui ne pourrait pas être mélodique ?! ».*

Tous ces sujets surprennent Marie, mais elle ne s'y attarde pas. D'autant que la seule fois où elle a questionné le juge sur un mot qu'elle ne comprenait pas, il lui a répondu « Tu chercheras », ce qu'elle n'a jamais fait, bien sûr. D'abord parce qu'elle a oublié de chercher, puis parce qu'elle a oublié le mot qu'il fallait chercher.

Elle se concentre sur sa conduite. Tenir la distance de sécurité, surveiller les piétons, allumer les veilleuses, freiner, accélérer, laisser voyager sa main droite entre le levier de vitesse et le volant. Elle se concentre sur l'humeur du juge aussi, assez égale pour le moment, ronronnement triste, interrompu par quelques saillies parfois drôles, inspirations subites l'extirpant de sa morosité, et auxquelles Marie répond par un sourire discret. Elle lui en veut presque de ce vague à l'âme permanent qui lui rappelle ses propres moments de noirceur et sa crainte de les sentir s'engluer en elle, mécanique implacable du temps qui passe. Mais quand elle écoute ces gens à la radio, qui s'enthousiasment pour la musique ou la Vérité, elle a l'impression qu'ils sont sincèrement animés, sincèrement vivants. Le juge, lui, semble s'appuyer comme un boiteux sur ses articles de loi qu'il connaît par cœur et balance parfois sans qu'elle comprenne bien pourquoi. *Article 314-1, l'abus de confiance est puni de trois ans d'emprisonnement et 375 000 euros d'amende.*

Amen.

Dans son petit appartement, la télé allumée sans le son, Marie se demande ce qu'elle connaît par cœur, elle. Elle se souvient d'avoir appris des poèmes en classes primaires et même une scène de théâtre jouée au collège devant un professeur de français. Elle avait été félicitée. « C'est timide, mais c'est d'une grande justesse. » Pourtant, elle n'avait pas parlé fort comme ses autres camarades. Elle tente de se souvenir. Elle ne saurait dire le titre de la pièce ni son auteur, mais elle a gardé en tête les premières répliques : « Madame, écoutez-moi !/ Vous m'ennuyez !/ Ne faut-il pas être raisonnable ?/ Non, il ne faut pas l'être et je ne le serai point ! » Elle sourit à cette dernière phrase qu'elle répète à voix haute, en insistant sur les toniques et les atones ressurgies de l'enfance. « Non, il ne faut pas l'être et je ne le serai point ! »

Elle se souvient aussi du début d'un poème. Cette fois, le nom de l'auteur est resté associé au titre : *Art poétique* de Paul Verlaine : *De la musique avant toute chose,/Et pour cela préfère l'impair/Plus vague et plus soluble dans l'air,/Sans rien en lui qui pèse ou qui pose.* Elle n'en comprenait que le premier vers qu'elle opposait, insolente, à son père quand il lui demandait de baisser le son de sa chaîne stéréo. « De la musique avant toute chose ! C'est Paul Verlaine qui le dit ! » – ce qui avait le mérite d'impressionner son géniteur quelques heures durant.

Elle voudrait soudain retrouver ce poème, en lire la suite peut-être, ou en tout cas, l'avoir sous les yeux, le regarder. « Tu chercheras », lui a dit le juge. Elle utilise souvent Google pour retrouver des titres de morceaux, des adresses, des vidéos, ou pour parcourir la rubrique « faits divers » qu'elle consulte avec un mélange de dégoût et de fascination, et dans laquelle elle craint toujours de tomber sur Victoria.

Alors, comme elle le ferait pour chercher « Prochain album Stromae », elle tape cette fois : « Paul Verlaine ». On lui propose immédiatement un portrait du poète, accompagné de la date de sa mort : 1896. Elle observe son crâne dégarni et sa barbe trop longue. Il ne ressemble en rien à l'image qu'elle s'était faite de lui, forcément fraternel et faubourien, puisqu'il aimait comme elle la musique et ses secousses. Elle tape : « Art poétique ». Le texte apparaît, immuable : *Il faut aussi que tu n'ailles point/Choisir tes mots sans quelque méprise :/Rien de plus cher que la chanson grise/Où l'Indécis au Précis se joint.* Mais pourquoi ne parle t-il plus de musique ? Elle descend sur la page et parmi les commentaires, une phrase attire son attention : « Avis aux slameurs : ces premiers vers du poème nous signifient que les mots c'est comme la musique. Ça sonne ou ça sonne pas. Et lui, il préfère quand c'est bancal plutôt que carré. De l'impair ! Si vous regardez bien, ses vers font 9 pieds, balèze ! Le premier jazzman. » Marie relit le commentaire, compte sur ses doigts le nombre de syllabes, puis remonte au début du poème : *De la musique avant toute chose,/Et pour cela préfère l'impair/Plus vague et plus soluble dans l'air,/Sans rien en lui qui pèse ou pose.*

Son cœur se serre. Ces quelques vers qui lui revenaient parfois à l'esprit ne signifient donc pas du tout ce qu'elle croyait. « La musique » évoquée par le poète n'est pas celle qui permet de sauter dans son salon, de remuer la tête, de fredonner, mais « la musique du vers ». Sans doute son professeur l'avait-il expliqué en classe mais elle n'écoutait pas en classe ; les mots se sont toujours perdus en rêveries, en fugues. Son esprit ne se laissait attraper par rien, trop occupé sans doute à s'échapper d'une maison hurlante ou moribonde selon les heures et les humeurs. Marie a honte de cette méprise. Ses joues sont cramoisies. Elle se sent naine, transparente. Truffaut et Verlaine se fendent la poire et lui rappellent la foule des géants dont elle ne fait pas partie. Elle ne sait rien des siècles. Elle ne sait rien des poètes que son écran affiche en recherches associées, Hugo, Rimbaud, Baudelaire, aux noms de rues ou de médiathèques, si familiers pourtant, comme les paroles de ce tube mille fois chanté en phonétique mais toujours aussi incompréhensibles : *Welcome to the Hotel California*, seutche eu lôôve lypleice ! seutche eu lôôve lypleice…

Douloureuse, Marie efface le nom de Verlaine dans la case Google et elle tape : Alexandre. Alexandre. Alexandre. Plusieurs fois. Sans patronyme. Comme s'il était un mot de passe vers cet autre monde impénétrable qui se souvient de ses leçons, mémorise les noms, les dates, et qui s'en sert pour se reconnaître, s'adouber, s'aimer, se reproduire. D'où vient qu'elle ne souffrait pas avant lui de cette différence ? Alexandre. Alexandre. Alexandre. Google lui proposera peut-être un mode d'emploi, un itinéraire, un accès ?

Elle s'interrompt.

Elle n'appuie pas sur la touche « rechercher ».

La loi retient son bras : interdit de le contacter. Interdit d'aller dans son quartier. « Respecter les conditions de la mise à l'épreuve prononcée par Môssieur le président du tribunal ». Article « de mes deux » du Code pénal.

Alors, quand elle reçoit un texto d'Ambroise, l'ex-camarade de classe de Victoria qui travaille sur les cargos, elle répond qu'elle est d'accord pour le rejoindre à l'hôtel.

Maintenant ?

Maintenant.

6

Elle se blottit d'abord dans ses bras costauds et contre son ventre qui déborde mais ça lui va bien. Il a une belle gueule de Maure pas bien foutu mais qui s'en balance. Il est gentil, elle le sait. Ça fait plusieurs années qu'elle est son « bonbon du Havre ». Il l'appelle ainsi parce qu'il dit que quand on fait un travail physique, il faut des sucres rapides, des bonbons tendres, qui donnent envie de revenir. Sinon on s'épuise, on s'isole. On perd la mémoire.

Elle le laisse conduire. Il est expérimenté, joueur. Il la déshabille et elle frémit. Un tremblement sensuel émerge de son corps assoiffé de réconfort. Depuis longtemps, Ambroise et Marie cherchent la même chose : l'étreinte facile et sans question.

Ils s'embrassent longuement. Se caressent longuement. Puis le marin allonge Marie sur le lit étroit de cette chambre d'hôtel sommaire. Il allume la télé, cherche une chaîne musicale, en trouve une, et revient à sa compagne du soir. Depuis deux ans maintenant, il est marié et père de famille. Il a installé sa tribu à Marseille, ses escales normandes sont ses récréations. Cela ne l'empêche pas d'être attentif à son amante passagère. « Tu es plus triste que d'habitude, qu'est-ce que tu as ? » Sur l'écran de télévision, un vidéo-clip montre des gens à leur fenêtre, des visages d'âges, couleurs, sexes, différents ; de temps en temps, en fonction du tempo, les figurants lèvent un poing puis l'autre, sans que l'on sache s'il s'agit d'une chorégraphie anodine ou d'une révolution. « Alors, la silencieuse, qu'est-ce que tu as ? » Marie n'aime pas les confidences, elles font pleurer. Mais elle se laisse aller à répondre. Elle n'explique pas tout. Elle se limite à son accès de violence et sa comparution immédiate. Ambroise comprend, même sans avoir l'intégralité des informations. Il connaît les pulsions des passionnés comme eux, des insatisfaits. Lui, depuis qu'il a pris le large, il parvient mieux à calmer ses ardeurs. Pourquoi Marie ne viendrait-elle pas travailler sur les bateaux ? Avec son bac pro, il lui suffirait de passer sa visite médicale auprès de la direction interrégionale de la mer, puis un certificat de base à la sécurité et d'être déclarée apte à naviguer ; elle pourrait devenir matelot. Entre son expérience de serveuse et la chaudronnerie, elle serait utile sur un navire. Ambroise assure qu'il y a des gens qui payent pour voyager en cargo et pouvoir créer, étudier, méditer. À une époque, certains offraient même leurs services gratuitement en échange d'une cabine des semaines durant. Pour toute réponse, la jeune femme ferme les yeux. Tout cela lui paraît impossible. Ambroise est une illusion. Ses paroles s'adressent à quelqu'un d'autre : « créer, étudier, méditer », son bel amant noir est passé de l'autre côté du monde. Il ne voit donc pas qui elle est ni le retard qu'elle a pris ? Le scepticisme de Marie n'échappe pas à l'homme. Il insiste : il faut savoir partir, rompre les amarres, pour mieux se trouver parfois. Et puis la mer, ce n'est pas forcément toute une vie, ça peut aussi juste être une escale. « On n'est pas forcé de l'épouser. »

Marie saisit son sexe et le caresse. Elle ne veut plus rien d'autre. Elle ne peut plus rien d'autre. Elle s'allonge et bientôt, le corps lourd la remplit et la secoue. La télé envoie ses clichés en surimpression, frénétiques, incessants, plans courts, qui viennent scintiller sur son visage quasi-kaléidoscope.

Le marin repartira demain dans son cargo mastodonte. Elle restera avec son inconsistance et son juge à conduire.

L'étreinte se muscle, s'électrise. Ambroise l'écrase et elle aime son poids. Elle laisse monter quelques larmes qui se perdent au creux de ses yeux fermés.

Elle s'épuise.

Elle va jouir.

Elle jouit.

7

Le pont de Normandie a la majesté des constructions humaines alliant l'utile à la splendeur. Il a la finesse invisible du métal blanc qui renvoie au soleil sa part d'éclat. Le pont de Normandie ne se dresse pas, il ne surgit pas, il se répand comme un prolongement du paysage havrais. Il a rapproché le nord du sud. Le haut du bas. Il est un conquérant élégant ; il se mérite.

Marie ne l'a presque jamais emprunté. Trop cher. Et quel intérêt de se rendre chez les bobos parisiens qui séjournent à Honfleur, Trouville, Villerville, Deauville ? S'il faut filer vers les côtes à touristes, elle préfère Étretat et ses parois escarpées (avec Victoria et ses copines, elles ont fait du camping sauvage sur la plage, une fois). Elle se demande ce que le juge veut y faire. Est-ce qu'on ne trouve pas tout au Havre ?

L'ombre d'une dictature pèse-t-elle sur la Turquie ? Erdogan est-il déjà un dictateur ? C'est la question que nous nous posons aujourd'hui. Avec nous pour en parler Guillaume Étampe et Nazly Yucel.

Marie introduit la carte bancaire de son passager dans la machine à l'entrée du pont, puis redémarre. Quel vertige, ce pont. Sa pente aux allures de rampe de lancement vers l'au-delà lui donne envie d'accélérer. On se croirait sur un manège et le peu de circulation encourage la célérité. Son pied s'alourdit sur la pédale. Sa main reste sur le levier de vitesse, prête à obéir à n'importe quel ordre. Marie a de la marge avant d'atteindre la vitesse maximum. Elle peut même l'outrepasser un peu, le juge ne dira rien, trop absorbé par ses émissions sibyllines. Le goudron caoutchouteux sous les roues fait un bruit de liberté. Elle pourrait décoller, sa Fiesta, qui sait.

Si elle avait de l'argent, Marie prendrait tous les jours le pont de Normandie. Un petit aller-retour jouissif sur les courbes fines et mystérieuses de l'arc métallique pour tutoyer le ciel, gris, doré, brouillardeux. Il est femelle, ce pont. Évidemment femelle.

Chasse aux opposants, purges dans l'administration, ce n'est plus « l'ombre d'une dictature, c'est une dictature ! » « Ombre d'une dictature !? » Comme si on pouvait faire une métaphore, de la poésie avec le fascisme !

La vitesse est prise. La voie est libre. Les pensées cabriolent. Une question s'échappe de la bouche de Marie.

« Qui construit les ponts ? je me demandais… »

Le juge se tourne vers elle, surpris.

« Comment ça ? En Turquie, tu veux dire ?

— Hein ? Non… En Turquie ou ailleurs… Qui est-ce qui décide de construire un pont ? »

Le passager arbore une petite moue importunée :

« À ton avis ? »

Marie déteste les devinettes. Si elle pose la question, c'est qu'elle n'a pas d'avis. Elle a découragé de nombreux professeurs à ce jeu-là. Elle risque : « Le député ? » (Parfois les mots, par leurs sonorités, leurs évocations, paraissent une réponse possible à la question posée.) Le juge maugrée : les députés font les lois, ils ne peuvent pas tout faire. Surtout en cette période où on légifère à tour de bras, comme si on pouvait contenir les dérives de l'humanité par l'addition de textes. Non, la réponse à la question de Marie dépend de la situation géographique du pont. Cela peut être les mairies, les départements, les régions qui décident, selon ce que le pont relie. C'est tout du moins ce qu'il suppose.

« Mais qui a l'idée ? » demande Marie.

Qui a l'idée ? Le passager regarde sa conductrice. Cette jeune femme qui lui apparaissait jusque-là presque délinquante fait une tête d'oisillon qui exige sa becquée. Il ne s'agit pas pour lui de se mettre à bavarder, sa conversation intérieure lui suffit amplement. Alors il répond, rogue : « J'en sais rien. »

Après quelques secondes silencieuses et contrariées, Marie murmure qu'en tout cas, elle le trouve « super beau » ce pont. Elle précise même : « Majestueux. »

Le juge finit par marmonner qu'au bout du pont majestueux, on tournera à droite vers Deauville et son non moins majestueux casino.

8

Il lui a dit qu'il ferait la fermeture et qu'elle avait le choix de rentrer au Havre, ou de rester ici à l'attendre. Dans les deux cas, il assumerait les frais : péages ou repas. Elle a choisi le repas. Elle a dîné tôt à Trouville et s'est offert deux galettes salées dans une crêperie perchée aux allures clandestines, puis elle est revenue vers Deauville et s'est promenée sur les planches.

Il fait encore doux en ce soir d'octobre. Elle aperçoit au loin les cheminées enluminées de sa ville, parvenant même avec un brin de déduction à localiser le stade, et donc, son immeuble. Dans la station balnéaire, même la mer apparaît plus confortable et sereine qu'au Havre. Ici, les flots évoquent le repos et l'éternité, là-bas, la lutte et le commerce. Ici, le casino est un loisir. Là-bas, un recours.

Marie n'a jamais eu assez d'argent pour se risquer à le jouer. Papa, lui, fait sa petite grille à 2,20 euros par semaine en rêvant d'investir dans la recherche médicale si le pactole tombe un jour dans son escarcelle, mais il ne s'est jamais aventuré dans un casino. Il faut oser s'y montrer et la famille Leroy est plutôt de celles qui rasent les murs, comme le juge ce soir qui ne veut pas être reconnu.

« Hé ! Hé ! »

C'est sa voix justement, Marie se retourne. La main de l'homme lui fait signe de venir. Il s'apprête à entrer dans un restaurant de bord de plage pour y manger une douzaine d'huîtres avant de repartir jouer jusqu'à deux heures du matin. Quand Marie est à sa hauteur, il lui propose de se joindre à lui. C'est énoncé sans spontanéité, à la façon de celui qui voudrait s'acquitter d'une obligation dictée par on ne sait quel petit livre rouge. La jeune femme bredouille qu'elle a déjà dîné et préfère flâner, mais le juge considère ses mains dans les poches, son oisiveté à venir, et conclut, presque à regret, qu'il ne va pas la laisser errer toute seule comme ça. La soirée va être longue. Quelques huîtres et un verre de vin blanc, cela ne prendra pas longtemps. Et puis, il pourra lui faire part de ses réflexions sur son histoire de pont, car lorsqu'on joue et s'abandonne au hasard, les pensées vont souvent où on ne s'y attend pas.

La conductrice regarde autour d'elle, à la recherche d'une esquive, mais elle ne trouve qu'un cliché d'éternité silencieuse. Elle accepte.

« Tout le monde a l'idée. Tous ceux qui regardent de l'autre côté de la rive pensent à faire un pont. La vraie question, c'est quel est le fou qui transforme l'idée en projet ? *Qui* ose envisager sa réalisation. Comment on fait ? À qui on s'adresse ? Qui sait le faire ? Voilà donc le premier fou. Il va chercher un deuxième fou : l'architecte ingénieur qui proposera le meilleur projet. Le plus crédible. Le plus beau. Le plus solide. C'est souvent là que les choses se gâtent. Parce que les fous s'additionnent et s'opposent. Certains veulent le plus beau pont, mais d'autres privilégient celui qui leur rapportera le plus d'argent. D'autres encore souhaitent tout simplement récolter la gloire du pont et se targuer de l'avoir fait partir d'ici, arriver là, etc. On préférera parfois le technicien qui saura s'effacer à l'heure des récompenses au fou créateur et fanfaron, avec un projet exceptionnel, peut-être, mais qui pourrait au passage exiger sa part d'honneurs. Alors parfois tout ce petit monde se retrouve au tribunal, parce qu'à force de mesquinerie, de fatuité, d'égocentrisme, le pont est mal construit. Le chantier est interrompu. Et la belle machine humaine règle ses comptes à coups d'articles du Code pénal ou du Code du travail. »

Marie se demande si c'est bien à elle que le juge s'adresse. Un halo radioactif semble protéger cet homme de toute relation durable. Pourtant, elle aime bien ses élucubrations de solitaire. Il y a peut-être dans sa vie la femme qu'elle a aperçue quand elle l'a déposé l'autre jour dans les beaux quartiers de

Fontaine-la-Mallet mais c'est sans doute une épouse négligée ou une prostituée qu'on rejoint quand la voie est libre ou le portefeuille rempli.

« Pourquoi vous ne conduisez pas, vous ? »

Le juge étale du beurre sur un morceau de pain, avec une application d'écolier puis : « J'ai eu un accident. » Il précise après un silence que sa voiture est encore chez le garagiste. C'était une allemande, une Mercedes de collection. Ils attendent une pièce depuis des mois et il n'a pas l'intention de s'acheter un autre modèle.

Et, sans attendre, comme s'il était interrompu par la splendeur du crépuscule, il déclame presque : « *L'Univers n'est pas obligé d'être beau, et pourtant il est beau...* Tu as entendu parler de François Cheng ? Tu chercheras. »

Marie se ferme, pareille à feu l'huître qu'il est en train de déposer voluptueusement sur sa tartine. Qu'a-t-elle fait de si mal ces derniers temps pour que toutes ces choses qu'elle ignore depuis toujours dans l'indifférence générale paraissent avoir poussé sur sa figure comme cent furoncles dont elle doit se justifier sans cesse ?

Vivement qu'il récupère sa voiture. Vivement que le temps passe. Vivement que la vie passe. Cet homme parle à des fantômes dans une langue étrangère. Elle n'a rien à voir avec lui.

9

Papa a appelé à 4 heures du matin. Il suffoquait. Il était en train de mourir. Il avait mal au bras ! « Viens vite ! Marie ! PUTAIN JE CRÈVE ! JE CRÈVE !! » Pris de panique, il a hurlé qu'il avait appelé le médecin mais personne n'avait répondu. Et Mado non plus. PERSONNE NE RÉPOND ! JE CRÈVE TOUT SEUL COMME UN CHIEN !

Marie s'habille en hâte et fonce chez son père. Quand elle arrive, il va déjà mieux. Il est assis sur son lit, les yeux exorbités, mais il ne hurle plus. Elle prend le tensiomètre acheté d'occasion sur eBay, l'enroule autour de son bras. Tendrement. 14/8. Tout va bien. Elle prend son pouls, elle lui parle, l'apaise. Avec le stéthoscope, elle écoute son cœur. Elle vérifie tout. Elle et Mado ont opté pour cette ruse, avec la complicité du médecin traitant qui a feint, un jour, de leur expliquer devant lui comment tout cela marchait. « Fausse alerte, papa. » Il se détend peu à peu. Il s'affaisse sur son coussin rouge. Sa mâchoire se desserre et son regard s'allège, presque joyeux de s'en être sorti une fois de plus. Ils restent ainsi, main dans la main, de longues minutes.

Soudain, il balance :

« T'es la pute d'un vieux maintenant ?

— Qu'est-ce que tu racontes ?

— Je raconte ce que je sais.

— Ben tu sais rien.

— On t'a vue avec. Dans ta voiture. Même qu'il paraît qu'il est gros.

— Laisse tomber, papa. Je suis la pute de personne. Dors.

— Ah bon ? C'est qui alors, ce type ?

— C'était pas moi, c'est tout. Je sais pas qui c'est qui t'a dit ça, mais c'était pas moi. Voilà.

— Ah bon.

— …

— La prochaine fois je dirai qu'on fasse la photo. Avec les téléphones on peut maintenant faire des photos partout.

— Y aura pas de prochaine fois. Et dis à tes amis qu'on leur a pas demandé de mes nouvelles.

— En tout cas s'il est riche, ramènes-en pour nous, hein ? Je goûterais bien au caviar une fois dans ma vie. Avant de crever.

— Rêve pas.

— Tu fais toujours le larbin au café, alors ?

— Je fais pas le larbin. Je sers les gens, c'est pas pareil.

— La chaudronnerie c'était bien mieux.

— Tu as vu quoi à la télé hier soir ?

— Qu'est-ce que t'en as à foutre ?

— J'sais pas, ça m'intéresse.

— J'en sais rien. C'est que des nuls à la télé. Y a que les Américains qui savent faire.

— Bon.

— S'il est riche, ramène un peu de pognon, hein ?

— Ouais ouais, c'est ça. Dors.

— Je suis pas fou.

— C'est ça. »

10

La petite Fiesta se dirige vers Fontaine-la-Mallet. Ce soir, le juge rend visite à la femme qui l'attend sur le perron. La première fois, Marie l'a déposé à la grille et elle a juste entrevu sa silhouette mais aujourd'hui, l'homme n'a pas envie de parcourir à pied les trente mètres d'allée en gravier, il est fatigué, il risquerait de se *casser la gueule*. La grille s'ouvre et Marie avance davantage. Malgré l'obscurité, elle distingue un peu mieux la femme. La lumière des phares déborde sur les marches où elle se tient. Elle est grande et fine, très élégante. Elle fume une cigarette semble-t-il, à moins que ce ne soit une vapoteuse. Cette image conforte Marie dans son hypothèse : son employeur secret s'encanaille de temps en temps avec une prostituée de luxe ou une vieille épousée.

Elle exécute son demi-tour avec vivacité. Elle reviendra demain le chercher pour le conduire tôt au tribunal où il est de permanence pour les comparutions immédiates.

11

« Non, on ne peut pas parler vraiment de récidive. »

Marie s'est glissée dans la salle d'audience. Ils ont pris du retard et le juge lui avait dit qu'elle pourrait entrer et assister à la fin de la séance si c'était le cas. Elle a hésité, elle a piétiné de longues minutes devant le tribunal, car l'acte même de pénétrer dans ce lieu crée en elle une douleur aiguë mêlée d'une fascination inquiétante. Il l'attire d'une certaine façon, comme si une délinquante était enfouie en elle et reconnaissait son abri. Elle est sûre que cette attirance est toxique, comme le casino doit l'être pour le juge, la drogue pour Victoria, la démence pour son père. C'est un lieu d'intensité. Le lieu où sa vie pourrait basculer un jour. Elle ne se formule pas les choses ainsi mais c'est ce qu'elle ressent quand elle s'approche de l'entrée, quand elle montre ses papiers aux agents du contrôle, quand elle passe sous le portique électronique détecteur de terroriste. Et plus encore quand elle s'installe, donc, dans la salle d'audience.

Elle n'avait rien vu la première fois de la beauté de l'endroit. Bois sculpté, douceur sombre, lumière filtrée aux reflets géométriques. Une immense bibliothèque chargée de livres anciens aux tranches larges et brunes nargue les ignorants. Les banquettes en chêne épais, façon église, le tissu carmin sur les murs, les juges en robe noire et col blanc, les avocats en toge lui rappellent les troupes de théâtre qui passaient au village l'été et jouaient dans l'arrière-salle de la mairie. Pourtant, tout lui semblait très réel l'autre jour, quand elle était dans le box où se trouve ce jeune homme au crâne rasé, bien habillé pour l'occasion.

Le juge n'a pas remarqué Marie tant il est concentré sur l'audition de celui qui jure qu'il ne recommencera plus.

« Revenons aux faits. Lors de cette première manifestation, pour laquelle vous avez été condamné une première fois il y a quatre mois, une manifestation contre la loi Revel, c'est ça ?

— Oui.

— … Vous aviez déclaré ne pas être celui qui a cassé la vitre du magasin. Vous aviez dit : “J’ai seulement mis le dernier coup pour finir le job. La vitre était déjà brisée. J’ai juste mis un petit coup pour qu’elle s’écroule définitivement.”

— Oui, c’est vrai.

— C’est-à-dire ? »

Le juge est d’humeur joueuse.

« J’avais juste mis un coup parce qu’elle était déjà cassée.

— Pour que ça soit plus net ?

— Ben… oui et aussi…

— Oui ?

— Et aussi pour un petit peu faire comme les autres, quoi.

— Vous nous dites donc que vous dégradez du matériel ne vous appartenant pas, en prenant un risque judiciaire, tout ça pour “faire comme les autres” ?

— Oui parce que… j’étais un peu influençable. (Il regarde son avocat.) Je suis un peu influençable. »

Le jeune homme dit ce qu’il peut pour se sortir de sa situation. Il a du vocabulaire, s’exprime plutôt bien, est habillé comme un dandy, mais il semble égaré. Les ors du lieu le renvoient à un monde dont il commence à sentir la puissance, un monde sans âge, celui de la justice et de la loi. Marie a mal pour lui. Vu d’ici, vu de la salle, de la banquette où on pose sa croupe de femme libre, c’est frappant à quel point le président et ses assesseurs ne sont pas dupes. Pourtant, le petit jeu va continuer encore.

« Le jugement en comparution immédiate suite à cet incident consistait en une mise à l’épreuve assortie d'un interdit de manifestation et vous, la semaine dernière, c'est-à-dire moins de quatre mois après cette interdiction, vous vous rendez malgré tout à la manifestation de la place de l'Hôtel-de-Ville censée dénoncer les "violences policières". C'est exact ?

— Non. Non parce que d'abord je ne voulais pas y aller et puis ce n'était pas une manifestation… pas vraiment…

— Comment ça, vous ne vouliez pas y aller ? C'est pourtant là que vous avez été pris en flagrant délit de dégradation d'une porte sur la voie publique.

— Oui, mais je… ce n'était pas exactement…

— S'il vous plaît. Expliquez-nous d'abord pourquoi vous ne vouliez pas y aller et pourquoi vous y êtes allé quand même ?

— Ce sont des amis qui m'ont envoyé un texto pour me dire qu'ils se retrouvaient à 18 heures sur la place, mais ils ne m'ont pas vraiment dit pourquoi.

— Je lis le texto en question : "Regroupons-nous tous place de l'Hôtel-de-Ville pour protester contre les violences policières. Ça suffit ! Ne laissons plus faire ces exactions."

— Voilà.

— Bon… donc vous allez à ce rendez-vous en sachant que c'est une réunion contre les policiers, n'est-ce pas ? Pourtant, vous savez que ce genre de manifestation vous est interdit et que vous avez déjà été condamné…

— Oui, mais justement, ce que je voulais vous dire, c'est que ce n'était pas une manifestation, c'est pour ça…

— C'est quoi alors pour vous, des gens qui se réunissent contre quelque chose ?

— Un rassemblement. Une manifestation ça bouge. On marche dans les rues. Là tout le monde restait sur place, c'est pour ça. Moi, je suis interdit de manifestation, pas de rassemblement. C'est pour ça. »

On sent que cet argument est le va-tout du jeune homme, sa dernière carte à jouer. Son avocat baisse la tête.

Le juge regarde ses assesseurs. Leur neutralité, leurs paupières lourdes trahissent l'ennui de ceux qui ont déjà vécu la scène mille fois.

« Mmm… Donc à aucun moment vous ne vous êtes dit, je n'ai pas le droit d'être là ?

— …

— À aucun moment ?

— Si… J'y ai pensé quand même.

— Vous y avez pensé mais pourtant vous êtes arrivé à 19 heures, et à 23 h 30 vous êtes toujours là (ce sont vos déclarations). C'est-à-dire à l'heure où des incidents risquent de se produire, vous êtes toujours là ?

— Je voulais rester avec mes amis.

— Bien. Vous déclarez qu'au moment du premier incident, de la première charge des policiers suite, selon leurs dires, à des insultes répétées des manifestants, vous avez voulu vous enfuir.

— Oui, je suis parti dans l'autre sens mais ils avaient déjà fait un barrage.

— Pourquoi avez-vous tenté de fuir si vous n'aviez rien à vous reprocher ?

— Ben… justement à cause de mon interdiction. C'est là que j'y ai pensé.

— Et quand vous voyez le barrage, vous déclarez que vous paniquez et que vous tentez de vous réfugier dans un immeuble.

— Oui.

— Et comme il faut un code, vous vous servez d'une pierre pour tenter de détruire le système qui bloque la porte.

— Oui. C'est ça. Je le referai plus.

— Vous l'avez trouvée où, cette pierre ?

— …

— Elle était où, cette pierre ?

— Là…

— Dans la rue ? Il y avait une pierre dans la rue ?

— Non ! Non… C'était une pierre du mur, elle était sortie du mur. C'était un bout de pierre, quoi.

— Bon. Quand la police arrive, vous déclarez que "dans la panique encore, vous n'avez rien pu faire d'autre que de balancer la pierre sur les forces de l'ordre".

— Je voulais pas… en fait… je voulais blesser personne. »

Le jeune homme passe d'un pied sur l'autre et considère régulièrement son avocat. Il n'affronte jamais vraiment le regard du juge, ni celui des assesseurs.

« Vous pensez que lancer une pierre sur quelqu'un, ça ne blesse pas ?

— …

— Lors de votre interpellation, vous dites que vous vous appelez Jérémy Moire. Ce n'est pas votre nom.

— Non…

— Alors pourquoi avez-vous donné une fausse identité ?

— Je… à cause de mon précédent.

— C'est qui, Jérémy Moire ? Un activiste comme vous ?

— Non ! Non pas du tout… je… en fait c'est le nom d'un mec qui était en primaire avec moi. J'ai pas réfléchi, c'est le premier nom qui m'est venu à l'esprit. Mais je ne le connais pas. Je ne l'ai pas revu depuis dix ans au moins.

— Ah,.. d'accord… »

Le cœur de Marie fait balancier. De qui se sent-elle le plus proche ? De ce petit voyou affabulateur ou des adultes blasés qui lui font face ? Les deux parties ont beau être dans la même arène, la distance à parcourir entre la cour et les accusés est abyssale, et c'est ce qu'elle ressent aussi dans sa Fiesta avec son passager. Elle non plus ne regarde jamais le juge dans les yeux, comme si tout lien était interdit par un pacte tacite. Elle se souvient d'une amie de quartier, fille décomplexée du tenancier du tabac, qui, adolescente, parlait aux adultes comme à des camarades, quel que soit leur milieu social : « Oh, elle en jette votre bagnole, elle coûte combien ?/Vous votez ? Vous votez pour qui ?/Mais la droite, c'est des blindés non ?/Ah vous êtes docteur, la classe ! Vous en avez sauvé combien, des morts ? » La plupart du temps, les interpellés répondaient, amusés, parfois même curieux. Son regard franc et sa parole audacieuse n'entraînaient aucune sanction. Aujourd'hui, elle tient le tabac de son père, alors que les enfants de ses interlocuteurs ont presque tous élu domicile chez les riches de Sainte-Adresse. Marie aimerait frapper quelque chose pour évacuer ce malaise qui l'envahit soudain, ou bien courir, ou crier ; mais il faut attendre les plaidoyers et le verdict, puis raccompagner le notable qui boira son whisky en relisant ses dossiers avant de s'endormir sur ses deux oreilles dépressives.

Alors seulement elle pourra hurler. Putain.

« Le tribunal après en avoir délibéré par décision contradictoire vous déclare coupable des faits qui vous sont reprochés. Entendu que vous, Martin Lissard, vous êtes engagé à partir à l'université de Caen pour vous éloigner de vos amis, avec les garanties fournies par votre avocat, le tribunal ne retient pas la prison ferme. En répression vous condamne donc à trois mois d'emprisonnement avec sursis et mise à l'épreuve pendant deux ans avec exécution provisoire. Nous vous rappelons que le sursis n'est pas une non-punition. Au prochain délit, le sursis se transforme en prison ferme, et les trois mois seront dus, c'est clair ? »

12

Marie conduit. Le juge a les traits tirés et fatigués. L'audience a été longue. Il fait chaud dans la voiture entièrement close car l'homme n'aime pas rouler les fenêtres ouvertes ; il a les joues rouges. « La nuit tombe plus tôt », c'est ce qu'il finit par murmurer. Il regarde autour et réitère. La nuit tombe plus tôt. Marie acquiesce d'un signe de tête. Effectivement, sur Le Havre aux embruns pollués, sur les pas agités des gens, sur les cuves inamovibles, la nuit tombe plus tôt. Bien vu. Un drôle de silence s'impose dans l'habitacle. Malgré ses yeux fixés sur la route, Marie sent bien que le juge la dévisage. Même si elle tente de la contenir, la trace de sa colère apparue au tribunal est toujours là, sur l'expression butée de son front. Pourquoi la fixe-t-il ainsi, il veut sa photo ? Qu'attend-il d'elle ? Faut-il qu'elle commente son constat si banal ? Y a-t-il des codes, là encore, qu'elle n'aurait pas et qui la pénaliseraient ?

L'homme se met à s'agiter sur son siège. Il perçoit l'animosité diffuse de la jeune fille et ce climat suscite en lui une montée d'amertume. Le juge se sent jugé. Il soupçonne de la part de Marie une réprobation muette à l'égard de son métier peut-être, de la façon dont il le pratique, de la justice en général, de sa caste, de ce qu'il est. Fort de sa maturité, il pourrait désamorcer ses craintes en interrogeant directement la jeune femme sur ce qu'elle a pensé de l'audience, mais non, il préfère vivre le mutisme de Marie comme un réquisitoire silencieux qu'il écrit en réalité tout seul, et s'adresse à lui-même avec la plus grande sévérité. Il jette des regards autour d'eux, traquant une issue pour ses pensées cafardeuses. Rien ne vient à son secours.

Marie est en apnée quand elle entend soudain le rire gras du passager. « Ha ha ha ha ! quelle banalité ! Tu regardes par la fenêtre et tu dis "la nuit tombe plus tôt". J'en suis là ! » Et, dans une débauche verbale dont il a le secret il déballe tout ; tout, sauf sans doute ce qu'il aimerait dire vraiment.

« Tu sais pourquoi je mets la radio tout le temps ? Je cherche quelqu'un qui dirait autre chose que : "La nuit tombe plus tôt." Quand l'hiver arrive. "La nuit tombe plus tôt !" On parle musique : "La nuit tombe plus tôt." On parle poésie : "La nuit tombe plus tôt." Si je me permettais d'être grossier avec toi, je te dirais que même quand on parle de cul, on dit tous “la nuit tombe plus tôt” ! Elles sont où, les nouvelles voix de ce monde ? Hein ? Où sont les poètes, les faiseurs de loi, les défricheurs ? Est-ce qu’il y en a chez les rappeurs, hein ? Tu écoutes cette merde toi, non ?

« À ton âge, oui, à ton âge, j’avais l’impression qu’il y en avait, des éclaireurs. Qu’il suffisait de bien ouvrir les yeux, de bien élargir ses écoutilles et que ça tombait dans votre escarcelle, l’étonnement, l’intelligence, et même la poésie. Ça m’emmerdait la poésie, mais bon. J’aimais ça, qu’il y ait des poètes pour m’objecter que j’étais un con avec mon droit, mes lois et mes jurisprudences. Tu en vois, toi, des poètes ? Hein ? Tu en vois, toi, des juges qui sortent de leur routine ou de leur ambition ? Ou même des scientifiques qui bousculent le monde autrement que pour ajouter des fonctionnalités à ton iPhone, tu en vois ? Autrement que pour aller conquérir l’univers, chercher une planète jumelle de la Terre pour nos vieux jours d’humains irresponsables, ou des transhumanistes qui veulent te faire vivre mille ans ? Parce que c’est ça, les scientifiques aujourd’hui, des performeurs, des développeurs du mammifère homme, *Blade Runner*, tu as vu le film ? Tu chercheras ! C’est ça, la science d’aujourd’hui. »

Le fiel sort de sa bouche en cascade. La sueur sur son front ruisselle, un début de buée apparaît sur le pare-brise. Cela ne l’empêche pas de poursuivre.

Quant aux humanistes, ils le font marrer. Ils créent des associations, des think tanks (il insiste sur le *th*, en mettant bien sa langue entre ses dents), sûrs que leurs belles idées, leurs grandes idées, vont changer quelque chose aux rapaces, aux prédateurs qu’ils sont eux-mêmes. Dès qu'on les pousse dans leurs retranchements, même les humanistes ressentent de la haine, leur visage se déforme, on devient l'ennemi à éliminer parce qu'on exprime des doutes ou des objections à leurs idéaux-idoles.

Pour illustrer le mot « haine », le juge fait une grimace horrible que Marie, concentrée sur sa route, devine plus qu'elle ne voit.

« Tu vois, je pourrais pleurer. Quand j'entends le môme au tribunal qui me dit "un rassemblement, c'est pas comme une manifestation, ça bouge pas, c'est pour ça que j'y suis allé" et qu'il risque de foutre sa vie en l'air. Je pourrais pleurer. Je pleure pas, tu sais pourquoi ? Je pleure pas parce que je prends des antidépresseurs qui m'empêchent de pleurer. Les larmes s'arrêtent au bord de mes yeux. J'ai un immense sanglot bloqué là depuis plus de dix ans. »

Tout a la couleur des ténèbres dans ses propos, et Marie voudrait lui conseiller d'écouter un peu plus Rire et Chansons, mais elle est trop en colère.

« "La nuit tombe plus tôt." C'est tout ce que je suis devenu capable de dire. C'est ça vieillir, tu vois. Cette lucidité et pourtant, cette résignation au poncif. À l'évidence. Tu rejoins le troupeau car tu connais déjà l'inefficacité de la démarcation. Même quand il y a une grande cause aujourd'hui : le harcèlement des femmes, la maltraitance des migrants, la misère, tout simplement, tu écoutes autour et tu entends : la nuit tombe plus tôt ! Des formules types, toutes blanches ou noires, bien formatées par la famille de pensée d'untel ou d'unetelle. Je hais les phrases toutes faites. Méfie-toi des phrases toutes faites : "On n'a rien sans rien. Il n'y a pas de fumée sans feu. Il faut être deux pour danser la valse !" Conneries. Les riches et les pauvres. Les dominants, les dominés. Les discriminants, les discriminés. Les gentils, les méchants. Dès que ta pensée tombe dans ce puits débile et binaire, arrête-la ! Va boire ou va dormir ou va baiser. Je me retire du monde pour ne pas rejoindre la meute mais c'est plus fort que moi. L'hiver approche et je conclus : "La nuit tombe plus tôt." »

Il a joué tour à tour chaque personnage à la manière d'un acteur qui dit les mots d'un autre ; ou comme un homme, tout simplement qui tente de rompre sa propre lassitude.

« Et ce qui me rend le plus triste, plus triste encore que tout le reste, c'est que quand j'ai dit ça, tu as fait oui de la tête. Parce que c'est ce que font les humains aujourd'hui. Oui de la tête à leur destinée de mouton, au panurgisme communautaire, "je suis de ta bande/je suis gaucho comme toi/je suis réac comme toi/je suis raciste et j'ai pas honte comme toi/je suis noir, juif, *muslim*, révolté comme toi !/ j'en sais rien mais je suis de ton avis quand même". Sans parler de ceux qui font oui de la tête dans le seul but d'être plus riches que toi, plus puissants que toi, d'avoir une plus longue queue que toi, les minables.

« Plus rien ne m'étonne. Je crois que c'est ça, le *hic*. Plus rien ne m'étonne. Je n'ai plus envie d'apprendre, tu comprends. (De plus en plus lyrique, il parle de plus en plus fort.) Apprendre quoi ? Découvrir quoi ? Ça sert à rien. Gardez votre ignorance, les agneaux, vous ne récolterez rien sur l'arbre de la connaissance ! Ne croquez pas le fruit ! C'est que du désespoir. » Et il se tait.

Les bras de Marie sont tout raides sur le volant, tendus façon Paris-Dakar. Elle a écouté sans commenter. Sans plus hocher la tête. Sans le regarder. Qu'il se taise ; elle préfère. Elle serre les dents. « Gardez votre ignorance » passe mal. Elle se demande si ce n'est pas encore plus humiliant que son « tu chercheras » ou que le « François Truffaut » d'Alexandre. « Gardez votre ignorance. » Refrain d'érudit nanti, refrain d'homme riche qui laisserait croire à la vanité de l'argent. C'est ce qu'elle prévoit de lui répondre avec ses termes à elle, dès que le feu passera au vert. Ce n'est pas parce qu'elle est à son service qu'elle ne peut pas s'exprimer. Quand le signal est donné, c'est sans le considérer qu'elle maugrée : « Ça doit bien servir à quelque chose, d'apprendre, quand même… »

Il ne répond pas.

« Je suis sûre que ça sert à quelque chose… »

Toujours rien. Tant mieux. À son tour de méditer. Qu'il se calme. Elle n'est pas pressée.

Plusieurs minutes plus tard, lorsqu'elle tourne la tête, il dort.

13

Marie a foncé comme une malade. Quand elle s'est arrêtée devant chez le juge pour le déposer et qu'elle a vu qu'il dormait encore, elle l'a secoué doucement mais il ne s'est pas réveillé. Ses épaules se soulevaient timidement sous la pulsion d'une respiration irrégulière ; elle s'est penchée pour voir son visage et elle a découvert des yeux révulsés, une mâchoire béante. Elle l'a secoué. Monsieur ! Monsieur ! Putain comment il s'appelle déjà ? Il me l'a dit, je l'ai vu sur sa porte ! MONSIEUR !!

Elle a démarré en trombe. Elle a pensé au tribunal. Elle s'est imaginée accusée dans le box. « Vous déclarez, je cite : Quand je me suis arrêtée devant son domicile, il respirait encore. » Elle a foncé comme une malade. Il gémissait désormais. Les feux sur sa route, elle les a insultés. Les piétons qui prennent leur temps, maudits. Les conducteurs décontractés, qui ouvrent la fenêtre pour vous claironner qu'on n'est pas aux pièces, *idem*. À l'hôpital, elle a tout de suite été aidée par deux brancardiers costauds qui ont mis le juge sur un lit et se sont précipités à l'intérieur. Il avait des papiers sur lui. Ils ont vu qu'il s'appelait : Gérard Doutremont. C'est cela. Doutremont, se souvient Marie. De Gérard elle ne se souvenait pas. Il a pourtant bien une tête à s'appeler Gérard.

Très vite, on la rassure. Il a subi une syncope vasovagale, mais la bête est solide. Ils vont lui faire une prise de sang pour vérifier le dosage de troponine, et un électrocardiogramme. « Suivez-nous », dit l'infirmière sans laisser le choix à Marie qui se retrouve assise sur une chaise près du box où le juge est alité. « Il a repris connaissance mais il se repose. Vous pouvez attendre ici, si vous voulez. » L'infirmière montre un fauteuil pliant vintage plutôt décalé dans ce lieu. « C'est un patient qui l'a laissé. »

Marie hésite et s'assoit là.

14

Elle connaît l'hôpital. Elle y est souvent venue avec son père, aux urgences en cardiologie justement, quand il a commencé ses délires hypocondriaques. Mais cela va faire presque trois ans qu'ils n'y sont pas retournés, après qu'une nuit, on les a fait attendre huit heures pour lui signifier qu'il fallait dorénavant qu'elle gère son géniteur mythomane toute seule. Ils n'avaient pas que ça à faire. Marie et Mado sont parvenues, depuis, à s'arranger entre elles, le médecin traitant, et de temps en temps, un cardiologue conciliant qui n'est jamais opposé à jouer les docteurs Knock contre une petite somme en liquide. *Ça vous gratouille ou ça vous chatouille ?* Et il repart avec son petit billet.

Dans ces parages anxiogènes, Marie se réfugie habituellement sous son casque et met de la musique. Mais ce soir, non.

« L'entrant de la 7, on peut le laisser sortir demain. C'était une douleur pseudo-angineuse constrictive rétrosternale mais rien à voir avec le cœur.

— Un mauvais spasme de l'œsophage ?

— Oui, avec dysphagie paradoxale.

— Rien à l'endoscopie ?

— Non, rien. On est en attente des résultats des biopsies mais faudra programmer une pH-métrie et une manométrie œsophagienne. »

Le temps est long. Marie finit par choisir au hasard un des mots nébuleux saisis dans le couloir, et le tape sur Google : œsophagite. Est-ce en réaction à l'injonction de rester dans l'ignorance lancée par le juge tout à l'heure ? Ou au contraire à son « tu chercheras », glissé quelquefois dans ses monologues obscurs ? Cela l'avancera à quoi de savoir ce qu'est une œsophagite ? À rien de plus que de savoir que Verlaine avait un crâne dégarni. Qu'importe, le mot est là, sous ses yeux, bardé de sa définition qu'elle murmure : œsophagite. « Une œsophagite (aiguë ou chronique) représente l'ensemble des lésions inflammatoires de la muqueuse de l'œsophage. Elle est le plus souvent secondaire au reflux gastro-œsophagien (RGO), sachant que d'autres causes peuvent être à l'origine de cette pathologie. »

Elle se demande si elle aurait aimé, comme toutes les formes blanches qui s'affairent ici, connaître ces mots complexes qui permettent de soigner.

15

Une femme médecin et une infirmière entourent Doutremont, maintenant tout à fait réveillé. Marie écoute. La doctoresse s'adresse tant à son patient qu'à son infirmière.

« C'est un simple malaise vagal inauguré par des prodromes, vertige, éblouissement. Mais l'ECG est OK. Vous avez déjà eu des palpitations ? »

Doutremont dit que non.

« Tabac, alcool ?

— Alcool le soir mais pas ce soir.

— Faudra corriger le surpoids, alors. Hein ?

— Mmm…

— Glycémie… kaliémie… tout est normal. Attention à la fatigue, il faut dormir un peu.

— En cas d'alerte, bouffée de chaleur, vision trouble, nausée on surélève les jambes. Mademoiselle ne sera peut-être pas toujours là… »

La femme médecin s'est tournée vers Marie qui se mord la lèvre en guise de réponse. Doutremont, pudeur ou sévérité, n'a pas un regard pour sa jeune conductrice. Les néons s'entêtent à diffuser leur lumière blafarde et sinistre.

16

Depuis l'épisode de l'hôpital, le juge la considère différemment. Une forme de respect imprime son faciès de Viking : sa conductrice a su réagir, prendre des décisions, rester calme, ce sont des qualités précieuses à ses yeux. Il ne l'a pas remerciée. Il ne l'a pas félicitée non plus. Il a simplement déclaré avoir déduit de son ardoise les heures qu'elle avait passées à l'hôpital. Plus précis que d'ordinaire, il a sorti son smartphone et utilisé la calculette : « Tu ne me dois plus que 350 euros. » Et, avec une pointe d'espièglerie il a ajouté : « Tu connais maintenant toutes les bonnes adresses de la région : l'hôpital, le tribunal, et le casino. » Marie a souri.

Aujourd'hui, elle le conduit rue Newton, où il doit passer une radio de contrôle. Elle a programmé le GPS car elle ne voit pas du tout où se situe cette rue, et, à son habitude, lunaire, elle se laisse guider. L'ambiance est légère dans la voiture, la fenêtre entrouverte pour une fois permet même d'entendre les piaillements divers des volatiles citadins.

Est-ce qu'elle aurait eu de la peine si Doutremont était mort l'autre jour ? Marie n'en est pas sûre. Elle ne sait rien de lui, à part ses divagations sur la nuit qui tombe tôt et les fous qui fabriquent les ponts. Il lui semble qu'il faut avoir reçu des confidences, ou perçu les ondes enfouies des gens, leurs rêves, pour pouvoir les pleurer. Elle se souvient d'Ousmane, ce camarade de classe décédé l'année de sa première, peau très noire et cheveux toujours teints. Il était en terminale d'une section mécanique de véhicules catégorie C et, contrairement à beaucoup d'élèves, il était sincèrement passionné par ses études et l'un des meilleurs de sa promotion. Ce qui l'intéressait, à terme, c'était de travailler en tant que mécano dans les courses de camions, les *truck racings*. Il rêvait des championnats d'Europe qui accueillent trois catégories et se composent de sept courses dont les 24 Heures camions disputées sur le circuit Bugatti au Mans. Il ne parlait à personne, mais comme il s'étonnait qu'une fille se retrouve en chaudronnerie, il s'était intéressé à elle à la faveur d'une pause-café. Après l'avoir écoutée, il s'était livré un peu : s'il s'isolait ainsi au sein du lycée, c'est qu'il avait beaucoup *déconné* durant ces dernières années. Il ne voulait plus se retrouver avec des *branleurs* en bac pro qui en *foutent le moins possible, fument des pétards*, parlent de complot international, et se prennent la tête à propos du PSG ou de l'OM. Il était ambitieux. Il voulait intégrer un pool professionnel ; ça demande beaucoup de connaissances spécifiques. Les pneumatiques, les freins qu'on refroidit avec de l'eau, les pompes à turbocompresseur ou à injection, mieux adaptés à la compétition. Il y a même des *super-trucks*, des prototypes très chers, ultracompétitifs. Il faut savoir que l'accélération de zéro à cent pour un camion d'environ cinq tonnes peut se faire désormais en cinq secondes environ. Rien ne devait plus l'empêcher d'accéder à son rêve. En l'écoutant parler ainsi, Marie avait senti sa force intime, incontournable. Le rêve d'Ousmane sentait la sueur et les pots d'échappement, mais il en émanait aussi des couleurs, des sons, des paysages. Il l'avait évoqué de façon si personnelle qu'elle avait presque la sensation de l'avoir embrassé. Ce n'étaient pas des mots mais des atomes qu'ils avaient échangés. Quand elle a appris qu'il avait succombé à une méningite foudroyante et ne reviendrait plus en cours, oui, elle avait pleuré. Beaucoup. Elle ne garantit pas qu'elle pleurera autant à la mort de Papa. Et à celle du juge encore moins.

Elle est perdue dans ses pensées quand soudain, elle prend conscience qu'elle connaît cette route. Le boulevard de Leningrad, la bifurcation vers l'abbaye de Graville. Et puis cette perspective, là, si on va au bout, si on tourne ensuite deux fois à gauche, elle sait où elle mène. C'est invisible, mais son corps tremble. Chaque indication les rapproche de ce qu'on appelle « le quartier Soquence ». Elle n'a pas le droit de s'y rendre, mais le juge qui a œuvré à cette interdiction est avec elle, dans la voiture. S'il ne se manifeste pas, c'est que tout va bien. Alors, elle continue, l'air distrait, ne pensant plus à rien, ne pensant plus qu'à ça. Elle aimerait tant passer dans la rue d'Alexandre, jeter un œil à sa fenêtre, peut-être même l'apercevoir (les graphistes ne travaillent-ils pas souvent chez eux ?), et poursuivre sa route. Alexandre, Alexandre, Alexandre. Comment peut-on être si entêtée !?

« Arrête-toi là, s'il te plaît. Gare-toi. Je vais marcher. »

Marie n'obéit pas immédiatement, alors Gérard Doutremont réitère son ordre impérieux, cinglant. « Tu m'as entendu ? Arrête-toi, s'il te plaît. » La jeune femme obéit mais feint de s'étonner. Ils sont encore loin. Le GPS indique encore cinq minutes de route, soit presque quinze s'il les fait à pied. L'homme éteint la radio qui bruissait encore (*Les morts passaient donc aux enfers grâce à Charon qui les conduisait dans sa barque d'une rive à l'autre du Styx. La coutume voulait qu'on mette une pièce d'or dans la bouche des défunts afin qu'ils puissent payer le passeur.*) Puis il interroge :

« C'est pas par ici qu'il habite, le garçon que tu as envoyé à l'hôpital ?

— Un peu plus loin, murmure Marie, comme prise en faute.

— Un peu plus loin, c'est là où on va. Et sauf erreur de ma part, c'est ici que commence l'interdiction. Quartier Soquence. »

Doutremont la regarde. Il examine sa conductrice avec la fermeté d'un homme trop habitué au mensonge, et dont le moindre petit dérapage pourrait fragiliser la confiance. Marie a une petite moue coupable, venue de l'enfance, un éclair de banc d'école dans l'œil, qui n'amuse pas du tout le juge. Il grince : la loi se respecte, les sanctions de justice ne sont pas des règles faites pour être transgressées. Qu'elle n'essaie pas de le rendre complice de son inconséquence. Ils ont conclu un pacte de confiance, elle doit s'y tenir.

« Attends-moi ici. On ira chez moi après mes radios. » C'est dit comme s'il y avait un lien de cause à effet. Puis il ouvre la portière et la claque.

La silhouette se dandine et s'éloigne tandis que Marie serre la mâchoire. Le dos seul de cet homme la culpabilise, même son cul paraît lui reprocher d'être venue au monde. Rien ne lui va. Il faut respecter la loi, mais aussi la contourner et travailler sans contrat. Il faut savoir qui est Machin Cheng mais aussi rester dans l'ignorance car la connaissance ne sert à rien. Ne pas franchir les portes du quartier Soquence, mais stationner à la frontière comme un enfant qu'on attacherait devant un stand de confiserie. Les pensées de Marie jaillissent et virevoltent en elle, sous forme d'intuitions plus que de raisonnements. Elle vadrouille entre émotions et arguments et rien ne prend vraiment forme.

Son tempo cardiaque ne ralentit pas, alors, pour éviter de penser aux quelques centaines de mètres qui la séparent d'Alexandre, Marie met Virgin Radio.

17

À la lumière de cette fin de journée, l'appartement de Gérard Doutremont paraît plus triste encore. Les murs beiges, les dorures des cadres, le parquet mal soigné et vieilli, rien n'égaye cet espace désordonné et misanthrope. Le verre d'eau minérale déposé devant Marie accentue la morosité ambiante. Pourquoi l'a-t-il fait entrer, et qu'est-il allé chercher dans son grenier qui lui prenne tant de temps, la laissant désœuvrée et inquiète dans son salon ? Un fouet ? Une bible ?

En tout cas, ce n'est pas un Code pénal, car il y en a partout ici, dont un, posé sur le guéridon qui fraternise avec le canapé. Il est parfaitement identique à celui que Doutremont a offert à Marie et qu'elle n'a jamais pris le temps de feuilleter. Il faut dire que son épaisseur dissuasive et son titre à l'allure de manuel scolaire n'inspirent rien à ses fins de journées épuisées. Mais puisqu'il faut attendre, elle s'empare du livre rouge, et l'ouvre au hasard. Elle est surprise par la clarté de la présentation. Les sections, les articles, les numéros, les alinéas.

Titre Ier : Des crimes contre l'humanité et contre l'espèce humaine

Sous-titre Ier : Des crimes contre l'humanité

Chapitre Ier : Du génocide

Article 211-1

Constitue un génocide le fait, en exécution d'un plan concerté tendant à la destruction totale ou partielle d'un groupe national, ethnique, racial ou religieux…

Elle repose le livre rouge car le juge entre dans la pièce, auréolé soudain de l'effet que l'article vient de produire sur Marie. Cet homme est-il sollicité aussi pour juger des coupables de génocides ? Elle se recroqueville alors qu'il brandit un DVD et triomphe : « Je l'ai ! » Il le pose sur la table basse, en le tournant ostensiblement vers elle.

Le DVD est dans sa boîte, intacte et poussiéreuse. Sur la pochette, un homme et une femme d'une quarantaine d'années semblent sortir d'une bouche d'égout, soulevant une plaque en fonte marquée du sceau de la croix gammée. En fond, comme éclairés par des projecteurs de théâtre, on devine Paris, la tour Eiffel. Le titre est inscrit en lettres rouges : *Le Dernier Métro*.

« C'est bien François Truffaut, le réalisateur que tu ne connaissais pas ? » demande le juge.

Marie confirme, surprise.

« Eh bien tu regarderas ça. Judith adorait ce genre de film. J'étais sûr que je l'avais quelque part. »

Et il s'assoit lourdement dans son fauteuil, s'emparant enfin du verre d'eau qu'il s'était servi quelques longues minutes plus tôt. La jeune femme remercie, déroutée. Elle ne comprend pas pourquoi le juge est allé déterrer cet objet, spécialement aujourd'hui. Le juge marmonne :

« Tu as encore soif ?

— Non… non… Je vais y aller. »

Mais dans la même inspiration elle ajoute :

« C'est qui, Judith ? »

Contrarié par l'indiscrétion, Doutremont choisit d'avoir l'air occupé par son verre d'eau. Il n'y a pas de photos d'êtres humains dans ce salon. Pas une femme, pas un enfant, pas un vieux ou une vieille qui raconterait l'histoire d'une vie. Alors, mimétique, elle saisit son verre à son tour, termine les dernières gorgées de Vittel tiède qu'il contient et insiste : « C'est qui, Judith ? Comme elle aimait ce film… ça m'intéresse… » Le juge soupire, hésite puis finit par dire :

« As-tu remarqué qu'il y a des êtres pour qui la parole est facile ? Les mots viennent dans leur bouche sans effort. Tu as remarqué ?

— Comme vous ? »

Voilà. Toutes ses études, il les a faites grâce à cette force préalable, cette connivence naturelle avec le langage. Il se demande si cela ne vient pas du bavardage permanent qu'il y avait chez lui, avec ses six frères et sœurs, tous surdoués. Ses parents étaient de petits commerçants qui tenaient la supérette du village normand dont il est originaire, mais l'intégralité de leur progéniture a fait de hautes études, sans qu'aucun adulte ne s'occupe jamais de leurs devoirs ou du suivi scolaire. Les aînés transmettaient aux plus jeunes, et ainsi de suite. Alors, ça piaillait dans tous les sens, tous les sujets étaient abordés, selon les centres d'intérêt de tel ou tel, le vocabulaire s'enrichissait naturellement. Oui, peut-être que son goût de l'expression vient de là. Peut-être vient-il aussi des longues promenades qu'il faisait enfant dans les champs pour s'échapper de ce brouhaha incessant et au cours desquelles il parlait à haute voix. Souvent, il se formulait à lui-même ce qu'il n'arrivait pas à exprimer à sa famille. Il défendait à retardement sa sœur cadette qu'il n'avait pas su protéger des assauts de leur frère aîné, ou sa mère, si démunie devant leur père, un homme hypermnésique et brillant qui avait quitté l'école en troisième sous la pression de ses parents déjà propriétaires de l'épicerie. Les plaidoiries solitaires du jeune Gérard étaient pensées, et retravaillées, répétées, jusqu'à devenir incontestables et il s'est souvent dit que sa vocation pour le droit était née de ses déambulations champêtres.

« Mais du coup, Judith, c'était qui ? » relance Marie, obstinée.

Le juge avale une gorgée d'eau, tousse un peu. L'hésitation semble aussi persistante en lui que celle de ces conducteurs coincés derrière un camion sur une route pourtant droite et qui laissent leur clignotant sans jamais prendre la décision du dépassement.

« Je t'ai dit tout ça justement parce que Judith est le seul sujet… oui je crois le seul sujet… pour lequel je n'ai pas les mots. Tu vois, ils ne viennent pas. Je les convoque, et ils sont absents. Alors n'en parlons plus. »

Le verre d'eau tremble dans la main de Doutremont. Cet homme massif et érudit, qui juge peut-être des génocides, a donc aussi peur de ses souvenirs que Papa quand il déclenche une crise après avoir feuilleté l'album de famille ?

« Mais c'est qui ? Juste pour savoir… »

C'est nouveau chez elle, cet entêtement curieux.

« Judith est mon épouse. Elle est morte il y a onze ans, avec notre bébé dans le ventre. Elle a eu une rupture d'anévrisme. »

Les mots sont récités mécaniquement. Comme si Doutremont s'était habitué, en dix ans, à les déverser à ceux qui voulaient leur ration d'intime, pour ne pas avoir à en trouver d'autres. Marie insistera-t-elle encore après cela ? Et comme la jeune femme affiche encore son front déterminé, il marmonne : « whisky », et on entendrait presque « échec et mat ».

D'un geste sec, il fait pression sur la table basse qui s'ouvre et révèle un nouveau repaire d'alcool dans lequel cinq ou six bouteilles de whisky parfaitement identiques trônent côte à côte.

Jusqu'à Judith, aucune femme n'avait trouvé grâce à ses yeux, aucune ne rivalisait avec la justice et la loi. Il passait de femme libre en femme libre car c'étaient les seules qui acceptaient sans souffrir de se glisser dans son emploi du temps. Et puis, à quelques jours de ses cinquante ans, il l'avait rencontrée. C'était une antiquaire du centre de Rennes, où il exerçait comme juge d'instruction à l'époque, une érudite de quarante-deux ans, héritière du dépôt de son père. De petite taille, ronde au visage lumineux et rieur, elle dédramatisait tout et parvenait à le tenir à distance de ses angoisses. Elle l'aimait avec légèreté. Elle se moquait de ses principes, et il adorait ça. Il s'était radouci, et lui, le grand pessimiste, avait renoué avec la candeur quelques années durant. Le jour de sa mort, il recevait un jeune homme qui venait d'avouer le meurtre d'une petite vieille, poignardée une fin d'après-midi, dans une rue déserte de la ville. La presse locale s'était beaucoup émue de ce fait divers. Doutremont avait suivi le dossier et le jeune homme était depuis le début la seule piste des enquêteurs ; le juge s'était étonné de la rapidité de leurs investigations. Mais au vu des aveux circonstanciés, détaillés, de l'accusé, il avait dû se rendre à l'évidence. L'inculpé avait bien commis ce crime crapuleux et abominable. La comparution devant lui serait brève. Il allait lui signifier son incarcération et passerait à autre chose.

Mais à peine entré dans son bureau, l'homme s'était rétracté. « On m'a forcé », avait-il dit. Les revirements sont habituels après des aveux et le juge aurait pu ne pas en tenir compte, mais il s'est souvenu de la célérité suspecte de l'enquête et a choisi de prendre son temps. Il a demandé des précisions à l'accusé. À sa grande surprise, il ne répondait que par onomatopées ou par des mouvements de tête nerveux. Quelques « ah ah » sortaient de sa bouche en guise de « oui » et quelques « on » en guise de « non ». L'homme de loi avait d'abord cru à du cinéma mais comme le jeu continuait, il s'était tourné vers l'avocat, commis d'office, lequel a confirmé que son client avait de grosses difficultés d'élocution. Pourtant, dans la retranscription de la garde à vue faite par les policiers – on ne les enregistrait pas encore à l'époque –, l'accusé faisait des phrases bien construites, longues, qu'il n'avait manifestement pas pu prononcer. Son avocat n'avait donc pas remarqué cette anomalie ? Penaud, il concéda que non, faute de temps, il ne s'était pas vraiment « penché sur le dossier »… dans le détail. Contrarié, Doutremont, certain désormais que les policiers trop sûrs d'eux et impatients de répondre à la pression hiérarchique avaient inventé de toutes pièces ces aveux, avait placé le jeune homme en détention provisoire, mais diligenté des analyses pour confronter les éléments matériels. Il avait appelé lui-même le laboratoire pour signifier l'urgence de la situation. Cette comparution qui devait être courte avait duré tout l'après-midi, mais il était dans un état d'excitation considérable, d'abord parce qu'il venait d'éviter une erreur judiciaire, mais aussi parce qu'il savait que son nom serait associé à cette réhabilitation et qu'il marquait des points essentiels pour sa carrière. Cela n'arrive pas si souvent.

Quand il avait rallumé son portable, pressé de raconter tout cela à Judith, celui-ci affichait une dizaine d'appels en absence et de messages dont le premier était justement de sa compagne et les autres du Samu et de sa famille : Judith avait été retrouvée morte dans son magasin.

L'avenir venait de refermer ses portes et Gérard n'a plus trouvé de consolation. Il n'a plus jamais remis les pieds dans ce bureau. Le jeune homme a été blanchi mais il en a laissé la gloire à son successeur. Il a demandé les affaires familiales au Havre et depuis, il n'en bouge plus.

« C'est quoi, les affaires familiales ?

— Les divorces… les maltraitances d'enfants… ce genre de chose.

— Je divorçais pas, moi…

— Les juges sont d'astreinte pour les comparutions immédiates. Et notre présidente est en congé maternité, alors c'est moi qui préside. »

Doutremont s'est resservi.

« C'est comme si vous étiez mort aussi, alors ? »

Marie a déjà entendu ce genre de phrases dans des feuilletons. Des vivants qui disent qu'ils sont morts. Le juge a ébauché un sourire. C'est plus compliqué que ça en a l'air. Contrairement à ce qu'on pourrait croire, le deuil est, en quelque sorte, venu révéler ce qui séjournait en lui depuis longtemps : la tristesse. Le fruit déjà très mûr de l'envie, du désir, de la projection, est tombé définitivement de l'arbre ce jour-là. Après la disparition de Judith, Doutremont n'a fait que revenir à sa nature profonde. La justice continuait de le stimuler mais à la façon d'un joggeur qui court ses dix kilomètres quotidiens, avec plaisir et application, et pourtant très conscient qu'il ne sera jamais Forrest Gump et ne changera pas le monde. Il n'a jamais été idéaliste. Les idéalistes le dépriment plus encore que les cyniques ou les nihilistes (« tu chercheras »). Avant la mort de Judith, il pouvait encore faire illusion, en quelques phrases brillantes, inspirées, il pouvait emporter l'adhésion sur telle ou telle question de procédure et on se surprenait à voir en lui l'homme à suivre. Il jouait ce jeu pour elle, pour ses proches, pour ses supérieurs, mais en vérité il avait déjà renoncé depuis longtemps. À quoi ? À vouloir, à espérer une destination qu'on appellerait le bonheur. L'épanouissement. Ses frères et sœurs avaient tous cet objectif ordinaire et sont parvenus à des métiers imposants (gynécologue, ingénieur, professeur à l'université), ils ont des enfants qui les font tenir et vibrer, des crédits qui obligent. Tous, à la mort de Judith, ont tenté de le replonger doucement dans le flot de la vie, celui qui ranimerait son désir de paternité par exemple, d'amour, de succès. Mais il savait que ce mouvement ne s'était jamais complètement créé en lui. Il a, toute sa vie durant, eu la sensation d'avoir un enfant qui pleure accroché à sa jambe. Même adolescent, quand il allait marcher dans les champs pour échapper, en bon petit dernier, aux corvées familiales, il n'était excité que par les courses d'escargots qu'il organisait sur les chemins caillouteux, ou les concours de chants d'oiseaux dont il inventait les règles. Rien qui fasse avancer le monde. La justice lui a servi de tuteur magnifique pour la première partie de sa vie, mais à la mort de sa femme et de son enfant en elle, rien ne pouvait plus endiguer ce renoncement. Cette tristesse n'a rien à voir avec le malheur. C'est une tonalité plus qu'un résultat, comme un mode mineur n'empêche en rien la beauté d'une œuvre. Nul n'est tenu à la joie.

Marie ne comprend pas tout, et elle ne sait pas très bien ce qu'il faut répondre à ça. Elle essaie : « Vous avez trouvé les mots, quand même… » Le juge, pris au piège, laisse échapper un sourire, et il dit : « Pas faux… »

18

C'est la guerre et Steiner est un metteur en scène et dramaturge juif. Il est caché dans la cave du théâtre dont il est le directeur en attendant de passer en zone libre. Sa femme, une blonde superbe et distante, dirige le lieu à sa place. C'est tout du moins ce que croit la troupe, qui ignore que Steiner est encore là, tout près, et que c'est lui qui transmet les consignes, dont celle d'embaucher, pour le rôle principal de sa prochaine création, Bernard Granger, un homme grand, drôle, blond, un peu lourd, ex-membre du Grand Guignol, réputé excellent acteur. Très vite, le nouvel arrivant et l'épouse de Steiner s'éprennent l'un de l'autre. Et sous les yeux, ou presque, du mari retenu dans sa cave, sur fond de théâtre et d'Occupation, ils s'aiment.

Marie est concentrée, elle rapproche l'écran de ses yeux comme le font les enfants voraces. La liberté est partout dans le film. Elle brille par son absence en cette époque de coercition, elle se répand dans ce théâtre par tous les pores de sa vieille carcasse. Les mots, les gestes illicites, la pièce répétée par les acteurs au phrasé si étrange, semblent des manifestes.

La jeune femme est intriguée par Steiner. De sa cave, il devine l'amour de Marion pour Granger et accepte silencieusement cette union extraconjugale puisqu'il ne peut plus rien offrir. Il se blottit dans une souffrance discrète. Sa passion pour son théâtre l'emporte sur les dangers qui pèsent sur sa vie et sur l'infidélité de sa femme.

Pas de cris. Pas de hurlements. De ces images, de ces personnages, émane de l'indulgence. Pourtant, rien n'est édulcoré. La Gestapo est bien là. La mort frappe. La lâcheté plastronne. Le théâtre paraît protégé de la vigueur des coups.

Marie, peu à peu, reconnaît les acteurs, Catherine Deneuve, et Gérard Depardieu. Elles les a vus au cinéma dans la série des Astérix qu'elle avait découverte avec Victoria et Mado. Ils étaient si jeunes dans ce film !

Quand la femme blonde s'offre au grand acteur drôle et sensible, quand la main de l'homme remonte la jupe et dévoile les jambes et leurs bas de soie noirs, quand on n'entend plus que la voix consentante, le corps de Marie frémit, et elle pense à Alexandre.

Est-ce cette passion sans effusions qui lui plaisait tant chez François Truffaut ? S'imaginait-il dans cette cave à diriger un théâtre ? Ou plutôt un film, puisqu'il veut être cinéaste. Se rêvait-il, au contraire, dans les bras de Marion, en résistant et saltimbanque ? S'ils avaient le même langage, Alexandre lui dirait : « Tu n'avais pas vu ce film, donc nous ne pouvions pas le partager. Ni celui-là ni tous les autres films. Ni celui-là ni les mille autres choses qui ont déjà creusé un abîme entre nous. Mon univers à moi, c'est ça : cette femme qui se faufile la nuit dans le clair-obscur de lampadaires en carton-pâte. » Et Marie lui répondrait : « Sommes-nous différents parce que tu as vu ce film et moi pas ? Es-tu plus compréhensif, plus tendre, es-tu meilleur que moi ? Es-tu plus concerné, plus apaisé ? Oui, je suis émue, mais que m'apprend ce film que je ne savais déjà ? Penses-tu qu'il soit le seul chemin qui puisse nous mener l'un à l'autre ? »

C'est bientôt le dénouement. La Gestapo fait une descente dans le théâtre et Marion est contrainte de demander de l'aide à Granger. Elle descend avec lui à la cave où il découvre, stupéfait, la présence de Steiner. Elle fait les présentations : « Luca, voici Bernard Granger ; Bernard, mon mari. » Et devant leur immobilité ahurie, elle lance : « Ben alors, ne restez pas figés comme des statues, vous avez cinq minutes pour tout enlever et vous cacher ! » et elle s'éclipse pour faire patienter les nazis.

Le contrôle est passé. Steiner et Granger sortent de leur cachette, encore un peu déconcertés par la situation. Le juif allemand prend le premier la parole, il faut bien rompre le silence : « Ça y est, ils sont partis… jusqu'à la prochaine fois. » Granger, aérien, ose : « Mais de rester comme ça, ici, c'est pas une vie, ça. — C'est une vie, c'est la mienne, répond Steiner. — On peut pas trouver une cachette meilleure, enfin, plus sûre ? demande Granger. — Mais je ne cherche pas une cachette, je suis chez moi ici. Et personne ne me fera sortir… » Et Steiner enchaîne : « Dites-moi, elle est belle ma femme ? Je vais vous poser une question, Bernard, elle, elle est amoureuse de vous, mais vous, est-ce que vous l'aimez ? »

Marie met le film sur pause, revient en arrière et écoute à nouveau : « Mais de rester comme ça, ici, c'est pas une vie, ça. — C'est une vie, c'est la mienne. » Et encore une fois. « C'est une vie, c'est la mienne. » Elle murmure le dialogue avec l'accent allemand en même temps que Steiner. Puis, toute seule, dans un souffle : « C'est une vie, c'est la mienne… »

Elle relance la lecture. Bientôt, ce sera la fin du film. Le cinéaste a fait une ellipse. C'est la Libération. Une autre pièce a été jouée dans le théâtre, une histoire d'amour avec Bernard et Marion dans les rôles-titres. La salle comble et enthousiaste cherche l'auteur des yeux. Steiner. Il devrait être là. Il le peut désormais puisque Paris est libéré. Mais on ne le voit pas. Granger et Marion saluent, mais lui ? Est-il mort ? A-t-il été déporté dans les derniers trains ? Est-ce un ultime hommage ? Les applaudissements redoublent et il n'est toujours pas en vue. Soudain, désigné par Bernard dans une loge de la corbeille, le directeur surgit de l'ombre, se lève, provoquant une salve explosive d'applaudissements. Granger lui tend la main pour qu'il vienne sur le plateau saluer avec eux.

Steiner accepte et bascule dans la lumière.

Marion qui était de l'autre côté de la scène se déplace pour saluer entre les deux hommes. Steiner arbore un sourire fier et humble. La salle s'est maintenant levée et lui fait un triomphe.

Un spasme secoue la poitrine de Marie, bouleversée.

19

Il faisait nuit et pourtant elle a couru.

Il faisait nuit et froid et pourtant.

Elle a couru jusqu'aux étendues polluées de son quartier. Elle s'est assise et a écouté le clapotis des eaux lourdes et stagnantes. Elle a respiré avec de grandes inspirations.

Tout se mélange dans sa tête. Elle entend un orchestre qui joue sans cohérence, une cacophonie ;

chaque instrument est une promesse d'émotion et de libération, mais pour l'instant, c'est un tumulte.

Elle a besoin de courir, de s'élancer à nouveau. De transpirer.

Elle n'a pas peur de la nuit. Marie n'a jamais eu peur de la nuit.

Quand elle rentre, elle se douche. Puis elle se couche. Elle se recroqueville sous les draps. Est-ce la fatigue ou l'invasion de toutes ces choses nouvelles rencontrées ces derniers temps ? Ce film dont le chuchotement, celui des voix et des sens, laisse une trace pérenne ? Quelque chose de l'éveil du désir la saisit doucement. Son corps musclé et rebelle cède peu à peu. Marie ne l'avait plus fait depuis longtemps : elle se caresse. Les images-fantasmes qu'elle appelle arrivent en cascade. C'est presque plus fort que tout. Cette abondance en elle, anarchique, ne l'inquiète pas. Au contraire, elle en jouit.

20

C'est à grands coups de klaxon que la 205 décapotable est entrée dans le village de Papa. De longs bras se sont agités et des rires se sont évadés par les fenêtres. Un strident « youhououou », même, a retenti alors que le petit bolide passait devant l'église, devant l'école primaire, devant la boulangerie et la minuscule mairie normande.

À croire qu'on l'attendait à chaque coin de rue.

Assise sur la place passager, Victoria a crié à nouveau « youhouou » en faisant coucou à son enfance et à ses connards de compatriotes.

Victoria est de retour.

Cinquième partie

1

Victoria n'est pas seule. Elle est venue avec Inge, une blonde d'une trentaine d'années, allure sportive, marquée par la drogue sans doute ou l'alcool précoce. Les deux sont avachies dans le canapé de Papa et sirotent déjà un mauvais vin. Leurs sacs à dos traînent dans le salon, ils sont sales et débordent. Elles se sont déchaussées et leurs chaussures mal alignées, boueuses, embarrassent cette pièce que Mado et Marie s'efforcent à longueur d'année de garder propre.

Mado a immédiatement informé Marie de l'arrivée de sa sœur, ponctuant chacune de ses phrases de « ben ça, ben ça » que Papa a répétés en écho. Elle n'avait pas prévenu, Victoria. Elle est avec une fille qu'on ne connaît pas. Elles ont réveillé tout le village à l'heure de la sieste. Elles ne sont là que pour une nuit.

Marie n'avait pas d'impératif ce soir-là, alors dès la fin du service, elle s'est précipitée. Revoir sa sœur, ça compte.

Papa est assis dans son fauteuil Croisette, le seul dans lequel il se sente bien quand il n'est pas allongé. Il regarde sa fille aînée silencieusement, la mâchoire pendante comme celle d'un vieillard qu'il n'est pourtant pas, mais dont il prend les attitudes depuis son licenciement et son hypocondrie sévère.

Mado s'agite dans la cuisine et à Marie qui lui dit qu'elle peut rentrer chez elle si elle préfère, puisqu'elles sont là, elle répond qu'elle a encore à faire. La vérité, c'est qu'elle veut profiter de chaque minute avec Victoria. Elle pourrait même laver la vaisselle deux fois pour prolonger l'instant.

C'est d'ailleurs de sa cuisine que Mado pose les questions que personne n'a encore osé poser : elles viennent d'où ? Qu'est-ce qu'elles font ? Où elles vont ?

« Hééé ! Mado, t'es trop curieuse ! C'est pas bien, ça, la curiosité, hein Inge ?

— C'est vrai que nous, les curieux on les évite, d'habitude. »

Inge a un tout petit accent, plutôt charmant, mais son français est parfait.

« Oui, ben moi je m'intéresse à vous. On aimerait bien savoir. C'est ton père, quand même.

— T'inquiète, soubrette, on va te le dire. Tu seras bien fière de nous.

— Ou pas !

— Ben si ! On bosse chez Emmaüs, Inge et moi. On est des compagnons. Des compagnonnes, on pourrait dire, parce que merde. On en a marre de se faire exploiter par les mots, nous les meufs.

— Et vous allez où comme ça ?

— On change de crèmerie. On bossait à Paris mais on a été mutées. »

Inge ne peut s'empêcher de laisser échapper un gloussement, mais Victoria, elle, est très sérieuse. Son visage anguleux, sa maigreur, ses superpositions de vêtements sur son corps fluet donnent l'impression d'une enfant fragile dans une armure en carton. Une enfant qui parle fort et qui ne sait pas encore qu'elle n'est qu'un grain de poussière dans un monde de vents mauvais. Inge, elle, est plutôt sexy, malgré ses yeux cernés et sa peau déjà creusée. La jupe est mini, les bas ajourés, et les bottes sont longues sur ses jambes allumettes.

« Vous êtes mutées où ?

— À Nantes. C'est pour ça qu'on a fait un petit détour par ici. Je me suis dit que c'était l'occasion.

— Et comment ça se fait que vous êtes mutées ensemble ? »

Mado ne doute pas. Elle cherche vraiment à comprendre. Elle n'y connaît rien, à Emmaüs.

« Parce qu'on fonctionne bien toutes les deux. On a des idées ensemble, on les fait ensemble. Ils se disent qu'on fonctionne bien. »

On sent chez Victoria un élan de sincérité quand elle ajoute : « Inge, elle m'a tout appris. »

Marie qui n'a pas dit grand-chose pour l'instant, s'enquiert immédiatement :

« Appris quoi ?

— Ben… »

Victoria cherche et trouve.

« Ben tout. Faut se battre. On peut partir à tout moment. Le monde, c'est pas juste le bout de ta rue, le stade Océane, et les mouettes. Qu'est-ce qu'elle m'a appris encore… Que quand on n'a pas quelque chose, on le prend. Sinon on crève et y aura personne pour t'en empêcher. » Elle se tourne vers Inge : « Je résume bien ?

— J'sais pas. Je change tout le temps de message, moi. Y a rien de gravé dans le marbre. Mais ça oui, c'est vrai. »

Inge se sert un nouveau verre de vin et demande à la volée si quelqu'un en veut. Papa montre son verre encore à demi plein, Marie boit de l'eau du robinet et Victoria s'est déjà resservie.

« Inge, elle a fait des études et tout dans son pays. Comme toi, Marie.

— J'ai juste un bac chaudronnerie, moi.

— Oui, ben elle aussi ! Elle a un bac de langues en Suède. Elle parle quatre langues. Dis-leur.

— Suédois, anglais, français, russe.

— C'est beau, ça. (Papa est rassuré par cette information, comme si les facultés linguistiques d'Inge faisaient d'elle une bonne fréquentation pour sa fille.)

— C'est pour ça qu'ils nous gardent, à Emmaüs. »

À chaque fois qu'elles évoquent cette perspective, Inge lâche un gloussement qui n'échappe pas à Marie.

« Moi j'ai plein d'idées, et Inge est polyglotte, on fait une bonne équipe. »

Victoria éclate de rire cette fois puis elle fixe sa cadette.

« C'est quoi cette histoire que Papa a racontée ? T'es passée en comparution immédiate ? »

Marie marque un temps, elle préférerait ne pas parler de ça.

« Ça va, c'est réglé. J'ai juste du sursis.

— Et c'est quoi ce vieux type avec qui on t'a vue en ville, aussi ?

— C'est une pute. »

Le verdict de Papa provoque de nouveau l'hilarité de sa fille aînée et de la blonde Inge.

« On peut pas savoir, Papa ! Y a que le client qui sait.

— Et la pute. »

2

Il a fallu attendre le dîner, soupe et volaille, pour que Marie accepte de raconter ce qu'elle a vécu. Elle le fait de façon elliptique, elle arrondit les angles de son récit. Pour ne pas paraître ridicule devant sa sœur, elle dissimule l'intensité de ses sentiments envers Alexandre, et de cette façon, le jeune homme paraît encore plus goujat avec son mépris, sa ségrégation culturelle inconsciente. Les deux filles nomades n'en sont que plus choquées par son comportement. Victoria surtout, qui a très envie de lui *casser la gueule à ce mec*, mais Inge lui rappelle que Marie l'a déjà fait. Pour Victoria, l'amour ce n'est pas « t'as lu ci ou t'as vu ça », l'amour c'est fort. Ça n'a pas de mots. C'est au-delà de toutes les différences. L'amour, c'est quelque chose devant quoi même Dieu s'incline. On ne doit pas jouer avec les sentiments des gens, elle en est sûre. « Il est blindé, le type ? » Elle est persuadée qu'il est riche. Marie rectifie. Ses parents sont instituteurs et ont du mal à joindre les deux bouts parce qu'ils ont deux enfants encore à charge. « Il se la pète, alors !
— Oui c'est plutôt ça », concède Marie à mi-voix, entraînée par l'interprétation pressée de sa sœur. Les questions fusent. Inge écoute et mange sa soupe

par lampées délicates. Une deuxième bouteille a été ouverte, directement sortie de la réserve de Papa qui les achète en packs. Marie voudrait ne plus parler mais on la questionne. On revient sur l'homme avec lequel on l'a vue en ville. Marie hésite puis finit par confier la vérité. Il a épongé ses dettes et en échange, elle joue les taxis pour lui. Il n'a plus de voiture à cause d'un accident. Elle lui doit encore quelques courses. « Et lui, il est blindé, lui ? » Marie acquiesce. « Il t'exploite ? — C'est plutôt un "échange de bons procédés". » Victoria résume : « En gros, t'es coincée entre un jeune connard qui te méprise et un vieux connard qui t'exploite. » Et s'adressant à son père : « C'est comme ça que tu la protèges ? »

Marie ne dit pas que si Victoria participait aux frais de la famille, elle n'en serait pas là. Elle n'y pense même pas. Son esprit n'a plus d'oxygène quand elle se trouve en présence de Victoria, son aînée, son tyran, son talon d'Achille.

« On va en ville, ce soir ?

— Oui, je voudrais bien découvrir Le Havre, moi.

— Allez, Marie, on va se faire une belle virée pour que t'oublies ta vie de larbin. Entre meufs.

— Il est ouvert, le bar où tu bosses ?

— Non, pas le soir.

— La lose.

— C'est un bar bien. C'est pas un bar où on traîne.

— Mais on traîne pas, nous. Hein, Inge ?

— Non, on consomme, c'est pas pareil.

— On fait grimper les chiffres d'affaires.

— Y en a plein, des bars ouverts.

— Amène-nous là où tu vas avec tes potes.

— Et puis après on va à la plage. OK ?
— OK… »

3

Marie est à l'arrière de la 205 sans toit malgré le froid de novembre, un peu à l'étroit, les pieds coincés sous le siège avant. La voiture, au kilométrage antédiluvien, file à vive allure dans la campagne. Elle sillonne les routes familières à Marie, que celle-ci découvre autrement, les cheveux au vent frais d'automne ; elle sourit. Les filles ont dérobé trois bouteilles supplémentaires dans la cuisine de Papa, un tire-bouchon (« il s'appelle reviens ! ») et elles chantent des chansons ineptes qui les font s'esclaffer.

À l'arrière du bolide précaire, Marie s'estime pourtant en sécurité. Les chants cristallins de sa sœur et sa comparse l'envoûtent comme un appel de sirènes. Dans la voix mélodieuse et inspirée de Victoria se nichent l'enfance, l'insouciance. Elle se sent bien. Dans son monde.

« Je repense à ton histoire, je peux te dire que si je vivais là, ça se passerait pas comme ça pour toi. Ni les flics, ni la justice, ni un mec qui veut faire l'acteur ne pourraient t'emmerder. »

Marie précise qu'Alexandre ne veut pas faire l'acteur, il veut réaliser. « C'est pareil ! » lâche Victoria. Inge crie pour passer au-dessus du vent et expliquer que non, ce n'est pas pareil. Ingmar Bergman est réalisateur alors qu'Ingrid Bergman est actrice, ça n'a rien à voir. Et alors qu'elle s'apprête à se lancer dans un début d'explication, Victoria l'interrompt : « Non, c'est bon. Arrête de nous saouler. On peut s'en passer ! » Et elle éclate de rire. Inge, dépitée, se tourne vers Marie, dans l'espoir d'obtenir son intérêt mais Marie, après un petit temps d'hésitation, balance qu'elle peut s'en passer aussi. Et les deux sœurs pouffent en se regardant par rétroviseur interposé. « On va pas s'encombrer de conneries, non plus ?! » achève Victoria.

Marie jubile de son insolence complice avec cette sœur qui lui a tellement manqué et à qui elle ne dira pas qu'elle sait qui est ce Bergman, aperçu plusieurs fois sur le fil Facebook d'Alexandre aux côtés d'autres références, Rossellini, Fellini, Chaplin, noms d'étoiles impossibles à localiser dans un ciel bien trop vaste pour qui ne connaît pas son astronomie, mais dont elle peut affirmer dorénavant qu'ils sont des « réalisateurs ».

La chanson de variété a repris de plus belle, Victoria improvise à la tierce un contre-chant gracieux : *Oh Lucifer, Oh laisse-moi rien qu'une fois, Glisser mes doigts dans les cheveux d'Esméralda...*

4

Les billets sortent en liasse de la poche de Victoria quand elle paye le pompiste, impressionné. Elle lui demande s'il vend des cigarettes, mais le jeune homme répond qu'il faut une autorisation pour cela et ils ne l'ont pas. Elle insiste, même une petite cartouche qui traînerait sans autorisation ? Le pompiste répète : « Rien. » Victoria reste polie : alors est-ce qu'il sait où on peut trouver de quoi « fumer illégal » ? Parce que sa sœur est du coin mais elle ne s'intéresse pas à ce genre de trucs. Elle est trop sage, sa sœur, elle a son bac et un travail et elle fait même des heures sup. Le jeune homme sourit. Ça, oui. Il a un numéro qui peut l'intéresser. « À fond », répond Victoria ; elles ont besoin de munitions pour faire passer une soirée inoubliable à la petite.

Le jeune homme dicte le numéro. Inge et Victoria, pour le remercier, lui laissent un pourboire de 5 euros qu'il glisse directement dans sa poche de jean en posant sa main libre sur le cœur en guise de remerciement.

Une fois sur son siège arrière Marie ose demander à Victoria comment elles font pour avoir autant de liquide sur elles. Son aînée lui murmure « Moins t'en sais, mieux c'est », et elle se tourne vers sa camarade nomade « Pas vrai, Inge ? ». La Suédoise acquiesce avec un fond de gravité. « Dis-toi que nous aussi, on fait des heures sup. »

5

Elles sont allées au LoudSound, un bar dans lequel Marie traînait parfois avec Sandra et Leila, quand elle avait le temps. Elle est nerveuse car tout se sait au Havre, et elle ne voudrait pas que Victoria et Inge se comportent mal et que cela arrive aux oreilles d'Erwan. Les deux filles le sentent et se moquent. Elles s'évertuent à bien parler, elles lèvent même le petit doigt pour souligner leurs bonnes manières. (« T'as vu, on met pas les coudes sur la table. ») Victoria exhibe sa liasse de billets et invite ses acolytes et le serveur à partager une tournée de champagne, mais le jeune homme décline, « jamais pendant l'ouverture », ce à quoi Victoria réplique « ce sont les cordonniers les plus mal chaussés », obtenant ainsi le rire sonore d'Inge, et l'amusement du charmant barman.

Désormais, les deux fanfaronnes sont rivées à leur téléphone. L'une pour essayer de contacter le dealer, l'autre pour « se rencarder sur ce juge » qui exploite sa sœur. Marie a beau lui dire qu'il n'y a rien à savoir, « il est juge, c'est tout », Victoria n'en démord pas, elle est son aînée, elle connaît les humains, on les appelle « monsieur le juge » et on découvre qu'ils ont collaboré avec les nazis pendant la guerre. Marie raille qu'il n'est pas si vieux quand même mais Victoria persiste et signe : rien ne vaut une petite enquête pour vérifier à qui on a affaire. Et c'est un « *Oh my god !* » qui conclut sa recherche, quelques minutes plus tard. « *Oh my God*, tu le savais ça ? »

Ça, c'est un article de presse locale qu'elle vient de dénicher grâce à l'onglet « actualités » de son fil de recherche, et qu'elle lit à haute voix à sa jeune sœur sidérée. Il a été publié voici deux ans dans la rubrique « en deux minutes » du journal : *Lundi matin, Gérard Doutremont, le juge aux affaires familiales de la ville du Havre a comparu devant le tribunal de Lille pour conduite sous influence de l'alcool ayant entraîné un accident de la route. « Je suis désolé, je regrette totalement », a déclaré le magistrat, arrêté avec 2,4 grammes dans le sang, et dont le procès a été dépaysé. Son avocat, maître Philippe Rolin, a souligné que son client travaille 80 heures par semaine et qu'il doit parfois trouver un exutoire. Cependant c'est un citoyen normal et un automobiliste comme tous les autres qui doit purger sa peine. L'avocat a donc demandé pour son client une suspension de permis partielle afin qu'il puisse continuer à faire le trajet domicile-travail. Le représentant du parquet a rappelé que plusieurs témoins ont rapporté que l'accusé ne restait pas sur sa bande de circulation et qu'il avait foncé dans un trottoir, puis dans un arbre, ce qui aurait pu provoquer un accident grave. Une annulation de permis a donc été prononcée sans aménagement.*

« Alors, tu le savais ? »

Devant l'expression de Marie, Victoria comprend que non et éclate de rire. « J'ai raison ou j'ai pas raison sur les petits humains, alors ? » Le juge de Marie aurait pu tuer quelqu'un, voilà pourquoi il a besoin d'elle. « Ça perd de sa superbe, hein, les capitalistes, quand on creuse un peu… Champagne ? » En guise de réponse, Inge saisit le visage de Victoria et lui claque un baiser sur les lèvres pour fêter le rendez-vous avec le fournisseur qu'elle a obtenu à l'instant. Marie, encore secouée par ce qu'elle vient d'apprendre, se demande si elles sont en couple. L'instinctive aînée désamorce immédiatement la question muette de sa cadette en proclamant qu'elle n'est pas « gouine », même si elle aurait préféré vu l'état des mecs aujourd'hui, mais *ça se commande pas*. « T'as entendu l'article ? » demande Victoria à Inge qui acquiesce et déclare, philosophe :

« Ça arrive à tout le monde de boire, mais un juge, c'est vrai que ça craint…

— Surtout qu'il a pas dû récupérer son permis, le type ! ajoute Victoria. Ou bien il a les jetons de reconduire. »

Puis elles changent de sujet, entraînant Marie dans leur tourbillon. Elles boivent les bulles transparentes et les recrachent à cause d'un fou rire intempestif. Heureusement, le patron ne regarde pas et Victoria s'excuse auprès des tables voisines en agitant les bras « *Sorry, sorry !* ». Puis, assez brutalement, elle pousse sa chaise et se lève : « Allez, on se casse ! » Elle pose un billet sur la table et enfile sa doudoune. Inge est interrompue au beau milieu d'une phrase mais paraît y être habituée : c'est la vieille qui conduit, c'est la jeune qui klaxonne.

Les trois filles déambulent sur la plage. Leurs pieds dénudés heurtent les galets bistre. La Manche gronde comme un avion à basse altitude. Elles marchent et se taisent.

Même Victoria la loquace ne dit plus un mot.

Il suffit de la mer et de la nuit parfois, pour tarir les cascades angoissées des bavards. Un échange s'établit entre les trois filles et le silence.

6

Le dealer est passé et Victoria et Inge fument en regardant l'horizon. Marie, assise en tailleur, ne consomme pas mais boit au goulot la bouteille de Papa, ouverte pour fêter le grand large. Sa tête tourne tant qu'elle croit déguster un vin savoureux. Elle murmure « L'Univers n'est pas obligé d'être beau, et pourtant il est beau… » mais personne ne l'entend, à part peut-être les fins de vagues qui viennent lécher ses chaussures. Victoria et Inge évoquent leur périple, les étapes qu'elles feront avant de rejoindre leur *job* à Nantes. Elles sont de plus en plus marquées par le mélange des substances et leurs yeux exorbités leur confèrent une sorte d'intensité fascinante. Elles utilisent des formules qui frappent le cerveau de Marie et la font rire. (« Chez nous, on n'a jamais tenu un journal en main, sauf pour relancer le poêle à bois, hein Marie ? » « Quand je vois qu'il y en a qui laissent leurs cannettes traîner sur la plage, je me dis qu'un bon tsunami dans leur gueule… » « Nous ce qu'on aimerait, c'est que les juifs fassent la prière en latin, les *muslims* en hébreu, et les cathos en pakistanais. Foutre le bordel là-dedans. » « C'est pas qu'on se drogue, c'est qu'on imite Amy Winehouse. ») Elles semblent libres, tellement plus libres que Marie avec son emploi du temps, ses contraintes, ses dettes, ses doutes, ce sentiment confus d'un monde inaccessible et interdit dans lequel Inge et Victoria pataugent sans complexe pour se retirer quand ça leur chante.

Inge n'a que la lutte des classes aux lèvres, s'indigne des racismes archaïques, et se persuade qu'on va vers un monde administré par des machines. Elle a aussi un couplet sur la violence des puissants, intégrée, acquise, dont on ne s'aperçoit plus. Elle excite Victoria avec des mots qui ronronnent : « ségrégation » « phalocratisation » « oppression ». C'est ça, la société française ? Les deux filles se confortent à coups de « ouais, grave », c'est pas seulement la société française, c'est tout l'Occident, le problème. Victoria demande si l'Amérique, c'est l'Occident aussi. Inge acquiesce, alors l'aînée des sœurs abonde. Ouais, tout l'Occident. De long en large.

Marie boit. Elle pense au retrait de permis du juge qu'il a omis de lui avouer. À la honte qui l'a conduit à mentir, lui aussi. Ou à omettre. Et cela vaudrait moins pour lui que pour elle ? Est-ce que cela participe de la lutte des classes et des inégalités que ses deux comparses dénoncent en grandes phrases désordonnées ? Elle ne sait pas. La confusion la gagne mais elle a le sentiment qu'elle préférera toujours faire des cocktails, observer les sirops qui ne se mélangent pas, briser la glace et secouer les shakers, plutôt que de se révolter sans cesse inutilement.

Inge est lancée. Elle assure à Marie que Victoria et elle ne se font presque jamais arrêter, et cela pour une raison simple : elles sont blondes et blanches et jouent aux filles dès qu'elles voient des policiers. D'un côté, elles en rient et de l'autre, elles en pleurent. Il ne faut vraiment pas avoir de chance et se faire prendre en flagrant délit, comme Marie, pour se retrouver au poste, quand on est blanche et femme. Et les voilà reparties sur l'incident avec Alexandre et toutes ses conséquences : Marie obligée de jouer les valets d'un juge alcoolo et menteur, dans quel monde on vit ?

D'ailleurs, il habite où, Alexandre ? Marie nomme le quartier, et même la rue, pour que Victoria confirme que ce n'est pas un endroit cossu. Elle répète que le jeune homme n'y est pour rien, il n'a même pas porté plainte. Mais les deux filles s'enflamment encore. Victoria est triste de sentir sa sœur coincée entre la Manche et le pont de Normandie. Il faut qu'elle s'en sorte. Il faut savoir partir. Ça a tout changé pour elle. Inge renchérit : quitter la Suède a été une libération pour elle aussi. *Il faut savoir partir.*

À force de prononcer le mot partir, partir, partir, Victoria en fait un manifeste improvisé, une philosophie de vie née de la nuit et du ressac. Plus rien n'est à sauver si on reste. « Pars avec nous, Marie. Tire-toi de là. » C'est la suite logique de son prêche d'un soir. Rompre avec ses habitudes. Rompre avec les paysages même, les amis, les proches. Se confronter à ses méandres, à ses replis, à ses forces obscures. « Pars avec nous, Marie. » « Pars avec nous, tu verras bien ensuite. » « Pars avec nous, tu n'as plus rien à perdre. » La rengaine a des allures de prière nocturne, d'incantation, d'ordre. Marie finit par murmurer : « Je suis quand même engagée avec le juge… » Victoria et Inge hallucinent. « Celui qui s'est emplâtré contre un arbre et n'a même pas les couilles d'avouer qu'il avait trois grammes dans le sang ? » Elle croit qu'il ferait cas d'elle, lui, si des anges lui proposaient l'aventure ? « Et Papa ? » tente Marie. Elles enverront de l'argent régulièrement à Papa, ce n'est pas ce qu'il y a de plus difficile à trouver, l'argent.

Dans la tête de la jeune serveuse, ça tambourine comme un djembé djala. Son pouls bat à 140. L'iode, le sel, l'alcool. Elle conclut : « Pourquoi pas… » ; ce doit être vrai qu'il faut « savoir partir », alors, oui, pourquoi pas. Pourquoi pas. Et le « youhououou » triomphant des filles déchire le voile charbon du ciel.

7

Inge conduit, Victoria la guide. Les fenêtres sont grandes ouvertes pour contenir les régurgitations de la petite sœur à l'arrière, blême à cause de trop d'alcool. Victoria a décrété que Marie n'avait pas fini de régler ses comptes et qu'il fallait le faire avant de partir, puisque la décision est prise et irrémédiable. Alors elle guide Inge. À droite. À gauche. Là tu montes et ce sera la petite rue transversale. En dessous, les fenêtres des maisons, les lampadaires et plus loin les cheminées s'étalent comme un tapis étincelant.

Dans son brouillard, Marie commence à reconnaître l'itinéraire. Elle écarquille ses yeux fatigués. « J'ai pas le droit d'aller là, Victoria… — T'as pas le droit mais on le prend. — Ils vont me mettre en prison. — Mais tu t'en fous, puisque tu pars avec nous. Ils iront pas te chercher. Ils ont trop de travail avec les terroristes et les dealers. Ils en ont rien à foutre de toi, qu'est-ce que tu crois ? » Et Victoria reprend sa petite course d'orientation. Tout droit. Toujours tout droit.

Une émotion pavlovienne saisit Marie quand elle pénètre dans le quartier. Doutremont avait eu raison de la contraindre à s'arrêter avant, car sa violence se ravive ici, petite flamme des chaudières prête à croître brutalement, dès qu'on déclenche l'eau chaude.

Une fois dans la rue, l'instinct animal de Victoria la conduit juste devant l'immeuble d'Alexandre. Comme l'avait fait Marie quelques semaines plus tôt, elles se garent en face, devant les petits pavillons ouvriers. « C'est là ? » Elle montre l'immeuble de quatre étages, en brique moderne, d'un rouge teen-ager. « Oui. — Quel étage ? — Tu veux faire quoi ? — Discuter un peu. Parler cinéma. » Victoria éclate de rire. « T'inquiète, on va juste remettre tes compteurs à zéro. Tu partiras à jour. »

Marie voudrait refuser. Victoria et Inge sont complètement défoncées et elle-même n'est pas belle à voir. Elle a souvent rêvé du moment où elle croiserait Alexandre à nouveau, et c'était toujours inattendu, palpitant. Un jour, il ouvrirait la porte du café, bravant l'interdit judiciaire, pour venir la serrer dans ses bras, sans un mot. Ou bien, le juge l'emmènerait quelque part où il serait, par hasard, dans un théâtre, dans un cinéma, dans une salle d'attente. La réconciliation était inéluctable, éthérée, sentimentale. Ce soir, au contraire, les moteurs grondent sans pot d'échappement et font un vacarme de jour d'explosion.

Victoria et Inge sortent de la voiture et lui disent de se ramener mais Marie ne bouge pas. Elle n'en a pas la force. Son cerveau ne peut rien décider. Sous emprise, il vagabonde entre la résignation et le romantisme.

« ALEXANDRE !!! ALEXANDRE !! »

Les cris des deux filles détonent dans la nuit. Comment tant de décibels peuvent-ils sortir de corps si fins, si frêles ?

« ALEXANDRE !! DESCENDS !!! »

Quelques lumières finissent par s'allumer dans l'immeuble endormi. Mais rien ne bouge au troisième étage.

« Vas-y, là… ALEXANDRE MORENO !!!! »

Marie se replie davantage à l'arrière de la voiture. Elle se blottit contre la vitre, se recroqueville presque. Elle serre les poings.

« Putain. Il habite à quel étage, ce boloss ? Quel étage, Marie ? »

Elle ne répond pas. Elle feint de ne pas entendre. Alors, Victoria revient vers la voiture, ouvre la portière et lui ordonne de sortir, avec une voix de grande sœur autoritaire qui sait ce qui est bon ou pas : c'est l'occasion pour Marie d'avoir une explication avec lui. Lui dire tout ce qu'elle a sur le cœur. La justice ne comprend pas ça. La justice, c'est des trucs qu'on apprend du siècle dernier. Elle sait rien, la justice. Maintenant que Marie est en bas de chez lui, elle ne peut plus reculer. Il ne faut pas avoir peur. Quand on sent que quelque chose est juste, il faut le faire. Marie se laisse convaincre par la logorrhée confiante de Victoria. Elle sort.

« Quel étage ? »

Marie n'a pas besoin de répondre car Alexandre apparaît à sa fenêtre. Il la voit. Elle reste de l'autre côté de la rue, figée.

8

Elle se souvient de ce jour où elle accompagnait le juge dans ce quartier justement, et où les voix de la radio s'entretenaient de Charon qui transportait les âmes défuntes d'une rive à l'autre du Styx. Marie n'avait pas écouté le reste de l'émission mais cette image s'était fixée longtemps en elle. Celle d'un homme dans une barque qui vous conduirait de la vie à l'enfer en quelques coups de rame. Quelques minutes de houle et c'était fini ? Une telle brièveté l'avait glacée.

Cette rue à traverser pour aller parler à Alexandre, dans l'esprit brumeux de Marie, c'est le Styx. Apeurée, elle reste sur son trottoir et malgré Victoria qui lui fait signe, « viens, viens discuter avec lui », elle ne bouge pas de sa rive.

Alexandre s'est extirpé de son immeuble. Les cheveux en bataille, l'écharpe vite enroulée autour du cou, la chemise dont il n'a pas rabaissé les manches, il a toute la panoplie d'un homme qui ne prévoyait pas du tout d'être en société. Il arbore toujours cet air concerné et rieur, mais le bas de son visage, crispé, trahit son inquiétude. Il considère Marie de l'autre côté de la rue, puis ces deux filles hirsutes qui lui barrent le passage. Il piétine, impressionné. Il tente, faussement badin : « Je peux faire quelque chose pour vous ? » Il ajoute que Marie n'a pas le droit d'être là, le savent-elles ? Victoria confirme. Elles le savent, mais comme il est intelligent, il va se tenir tranquille et tout va bien se passer. Ça peut aller très vite. Elles veulent juste qu'il s'excuse. Il s'excuse et il remonte chez lui. Tranquille. « De quoi ? Je m'excuse de quoi ? » D'avoir humilié Marie, résume Victoria. De l'avoir larguée parce qu'elle était moins intelligente que lui. De l'avoir fait sortir de ses gonds et maintenant elle a un putain de casier. « Excuse-toi et on n'en parle plus. »

Marie, de son trottoir, entend tout. Malgré les ténèbres de son esprit, chaque mot lui parvient. Alexandre se défend : elle s'est sentie humiliée, peut-être, mais il n'y est pour rien. En plus, il est déjà allé à l'hôpital une fois à cause de cette histoire. Il prévient qu'un deuxième séjour serait très contrariant et surtout, cela ne rendrait pas du tout service à Marie. Et, dans un geste plutôt fébrile, il enlève son écharpe et montre la minerve, toujours là. Deux mois qu'il la porte. Il doit tenir encore quelques jours. Ça a un certain style, mais pour dormir c'est légèrement handicapant.

Victoria fait un tour sur elle-même. Inge se dandine. L'ironie d'Alexandre échauffe leur adrénaline. Leurs quatre pieds nerveux, c'est l'agitation de leur âme. Une oscillation qui ne cesse jamais, sans doute. Qui se nourrit de leurs prêches exaltés sur les injustices de ce monde.

« Tu parles en victime, là. Mais t'es pas une victime avec ta tronche d'artiste de mes deux. T'es un mâle blanc dominant. Alors excuse-toi, putain, et on en parle plus ! »

Marie reste rivée à son trottoir. Ne pas traverser. Ne pas traverser. Ne pas traverser. C'est tout ce que lui dicte son résidu de lucidité.

La turbulence des deux filles n'échappe pas à Alexandre et lui rappelle douloureusement l'incident avec Marie. Outre la violence subie, il a gardé de cet épisode une sensation d'inaptitude. Lui, si analytique, s'était senti démuni ce soir-là, interloqué par cette furie dont il n'avait pas anticipé le geste. Quel est ce monde écorché qui vient à nouveau cogner à sa porte ? Et soudain, c'est comme s'il comprenait. *Taxi Driver*, *Sans toit ni loi*, *L'Épouvantail*. Il est en face de l'égarement et l'ivresse des mille héros paumés de l'histoire du cinéma. Son cerveau de passionné lui ressort tous ces êtres qu'il n'a jamais croisés, mais qu'il a incorporés, à force de fiction. Jean-Claude, Marie-Ange, Pierrot dans *Les Valseuses*. Rico et Joe Buck dans *Macadam Cowboy*. C'est par ces êtres imaginaires qu'il ressent enfin la très réelle instabilité de la situation et qu'il commence à avoir peur.

Le silence du jeune homme dure trop pour Victoria. Impatiente, elle finit par murmurer : « Ma copine, Inge elle s'énerve pas souvent, mais quand ça tombe, ça tombe. Et t'auras pas deux fois la ronde des flics dans ton karma. » Elle précise que la Suédoise est même un peu en cavale pour avoir maltraité un épicier récalcitrant dans son pays. Alors de nouveau, Victoria conseille vivement à Alexandre d'aller s'excuser. Elles n'ont pas tout leur temps non plus.

La menace atteint le jeune homme. Il le sait, le film qui a des airs de farce pourrait bien devenir un drame. Il hésite puis interpelle Marie : « Viens ! »

Mais Marie ne bouge pas.

« Viens, putain, j'ai ta sœur qui me saoule, là ! »

Marie fait non de la tête. Elle n'arrive pas à parler. Elle est un corps statue, un corps pierre qui pourrait finir sa vie ici, et devenir un élément du décor du quartier Soquence. On y déposerait des fleurs : en ce lieu, Marie Leroy a été statufiée un soir de novembre, telle la femme de Loth, rien n'a jamais pu la ramener à la vie. Elle venait s'entretenir avec l'homme aimé, un faraud qu'elle n'avait plus le droit de voir, et qui ne voulait plus la voir. Cela reste l'un des plus grands mystères de la ville du Havre.

Sous la pression des regards de Victoria et Inge, Alexandre finit par traverser la rue. « Putain, galère ! » Il vérifie que les deux harpies ne le suivent pas. Elles le fixent de leurs yeux globuleux, mais restent sur le trottoir d'en face. Plus Alexandre approche de Marie, plus le cœur de la jeune femme vacille. Alexandre est à sa hauteur désormais. Sa présence, son odeur, tout surgit aux sens de la jeune femme devenue mutique. Ils se jaugent un instant, se reniflent. Le jeune homme est fébrile. « Il paraît qu'il faut que je m'excuse ? »

Est-ce que Marie se souvient qu'ils ont l'interdiction de se rencontrer ? Il a été menacé de surcroît. C'est grave, ce qui se passe, là. S'il porte plainte, son sursis deviendra de la prison ferme. Veut-elle vraiment qu'il s'excuse ? Toujours pas de son dans le gosier de la jeune femme. Il faut dire qu'il prend le ton du petit anxieux qui veut donner le change ; un enfant qui expliquerait à un autre, dans la cour de récréation, tout ce qu'il n'a pas le droit de faire. Alors oui. Marie se jetterait bien sur lui. Elle lui saisirait le cou mais pas pour l'étrangler forcément ; pour le secouer comme une poupée aux intonations répétitives et à laquelle on voudrait extirper d'autres sons. Elle serre les dents. Il croit quoi, avec ses litanies d'homme honnête ? Qu'il lui apprend quelque chose ? Qu'il vaut mieux qu'elle ? Ce qu'elle aimerait, c'est qu'il se taise. Ou qu'il lui parle de ce qu'ils ont vécu, pas du tribunal.

Elle aimerait qu'il la regarde, elle, affaiblie, tordue, sur le trottoir. Qu'il ne s'adresse pas à la fille coupable de coups et blessures, ce dont on lui rebat les oreilles, mais à celle qui se tient devant lui, aujourd'hui. Elle n'est pas une délinquante quelconque avec qui il a eu des déboires. Elle est Marie, qui s'est donnée à lui dans un abandon total. Dans les films ingurgités par Alexandre, on n'apprend pas ça. Les personnages sont livrés clés en main. La littérature l'informerait mieux sur leur cheminement intérieur, mais le jeune homme préfère aux romans les témoignages de réalisateurs, les portraits d'acteurs. Alexandre s'enferre. Il prévient Marie : s'il doit s'excuser sous la menace des deux folles en face, il portera plainte. C'est l'équation. Est-ce que c'est compris ? (Aussitôt prononcé, il s'en veut de ce chantage qui ne lui ressemble pas.)

Effectivement, au lieu d'assujettir la jeune femme, cet ultimatum la ranime. Son corps se tend. Ses muscles se bandent. Elle était courbée, elle se redresse. Elle est belle soudain, prête à bondir. S'il est contraint de s'excuser, il portera plainte ? Voilà donc l'avertissement d'Alexandre, futur « François Truffaut » ? Un rapport de force ; une sommation ? Marie jette un regard à Victoria, sa grande sœur aux aguets ; se tourne vers Inge, fidèle, maîtresse soumise. Elle sait qu'il suffirait d'un mot, d'un geste de sa part pour que l'histoire tourne mal. La situation est entre ses mains. Elle revient à Alexandre qui recule d'un pas, instinctivement. Il le sent, qu'elle est dangereuse. Puissante. Libre. Et les trois autres n'y peuvent rien.

« Je dois m'excuser, alors ? »

Le jeune cinéphile veut connaître le programme. Il lui manque le mode d'emploi du moment à venir.

Quelle scène doit-il jouer ? Inquiet, il considère les deux filles derrière lui.

Marie resplendit. Une lumière enfantine est en train de coloniser ses yeux. Une flammèche simple et sereine qui prend tout son temps pour s'embraser. Ce sentiment de domination si rarement éprouvé, que va-t-elle en faire ? Les minutes peuvent bien s'écouler encore, s'attarder pour une fois sur un cas insignifiant de la ville du Havre.

Marie finit par dire : « J'ai vu *Le Dernier Métro*. »

Alexandre n'est pas sûr d'avoir bien entendu, alors il lui demande de répéter. Il fait des yeux de merlan frit. « *Le Dernier Métro*, je l'ai vu. C'est Steiner que j'ai préféré. Il continue de vivre. Il est persécuté mais il continue de vivre. »

Le garçon change de visage. Sa mâchoire se détend, son regard aussi. Étrangement, il semble perdu. Ce n'était pas prévu, cette phrase, là, maintenant.

Marie sourit devant sa tête de mouflet. Et c'est tellement beau ce sourire de plus en plus large, qu'Alexandre se souvient soudain de ce qui lui avait tant plu chez elle. Cette candeur, ce regard franc d'un désir avoué ; son indifférence amusée devant les kilomètres de paroles inutiles qu'il déroule sans cesse pour se sentir exister. Marie ne comprenait pas tout mais elle n'était pas dupe non plus. Il est lucide sur tout cela. Il se souvient dans le même temps de ce qui l'a éloigné : sa méconnaissance crasse de son unique passion, le cinéma, les réalisateurs et François Truffaut, justement. Le déclencheur. Le pauvre déclencheur. Il a un peu honte. Il pourrait s'enfuir mais il est piégé dans ce drôle de scénario. Alors, il sourit. Il sourit à son tour. Il est si jeune tout à coup, en marche vers demain, sans programme et sans certitude. Sans référence ni stratégie. Ce n'est pas un personnage, ni un réalisateur, ni un scénariste, qui lui a soufflé les mots à dire, c'est lui, et lui seul, qui finit par murmurer : « Pardon. »

Victoria ne peut pas avoir entendu, car cela a été prononcé dans un souffle, pour Marie uniquement. Sorcière moderne, elle a dû percevoir la vibration de leur échange car elle a hurlé immédiatement : « Ben voilà ! Ça t'a pas arraché la gueule !! »

Marie n'a pas commenté. Elle a juste renvoyé son sourire à Alexandre. Un fil de connivence s'est tendu entre eux, pour la première fois depuis longtemps.

Puis il a dit tendrement cette phrase : « Je te souhaite bon vent. »

9

La nuit s'est poursuivie dans le petit appartement de Marie. Pour les deux itinérantes, hors de question que la cadette renonce à son départ. Elle est prête pour le grand saut et les excuses du bobo-gosse en sont la preuve. De son côté, Marie croit que cette sensation souveraine qui l'a traversée tout à l'heure est le fruit de la présence de Victoria et Inge. Sans elles, elle n'aurait jamais eu autant d'assurance. En s'associant à leur duo libertaire, sa force redouble. Elle a trouvé son abri. Les suivre lui paraît soudain inévitable. Même Doutremont ne la retient pas.

Pendant que Victoria fait la valise de sa sœur (« T'inquiète, je sais ce qu'il faut prendre avec soi quand on part pour toujours… »), les deux autres chuchotent dans le salon, à cause de la nuit qui fait baisser les voix. « Il ne faut pas que tu flippes, dit Inge, Papa se débrouillera toujours. Mado gérera ses crises. » À terme, il faudra qu'elle se débarrasse de l'appartement aussi ; elle enverra un préavis à son proprio et chargera Mado de trouver des types pour vider les lieux et stocker tout dans un box. Elles laisseront des billets, tout à l'heure, quand elles passeront chercher leurs affaires. Plus tard, elles feront des mandats en liquide comme Inge le fait pour sa mère en Suède. Le patron du bar, en revanche, pas la peine de le prévenir, et encore moins son arnaqueur de juge. Le temps que sa disparition leur arrive au cerveau, c'est des jours de paix en plus. Pas de message, pas de trace, voilà sa seule contrainte désormais. N'apparaître nulle part. Ou sous un faux nom. D'ailleurs, Inge avoue qu'elle ne s'appelle pas réellement Inge. C'est un pseudonyme qui change souvent. « Tu t'appelles comment ? » La Suédoise sourit. Même aux plus honnêtes, on ne donne pas son identité. Quand on n'a plus de nom, on peut passer les frontières à pied. Ou dans les remorques des camions. Selon l'afflux de liquidité, on dort dans les grands hôtels ou sur les banquettes arrière des automobiles. Inge conseille à Marie de partir avec sa Fiesta. Elles se suivront. À deux voitures, le monde est plus grand. Alors que la nuit pèse et les rayons de lune taquinent les vieilleries Ikea de l'appartement, Marie visualise les grandes étendues. Les routes, les vaches, les taureaux, la campagne. Les reliefs aussi. Les chemins tortueux. Il y aura des précipices. Des pentes à négocier tout en douceur. Chez Emmaüs, elles aideront les pauvres. Elles écouteront leur détresse. Puis elles repartiront. Sous l'effet de l'alcool, Marie a même la sensation que ce futur est déjà présent, qu'il est inscrit en elle, presque déjà vécu. Déjà écrit.

Inge lui ressert à boire et lui prend la main. Elle a les doigts chauds et la paume réconfortante. Marie s'y agrippe et s'endort vaguement.

Quand Victoria déboule avec la valise et balance son rituel « on se casse », Marie sursaute et sort de sa torpeur pour découvrir Inge, plongée dans le Code pénal : « C'est la foire à 5 euros, ce bouquin ! On trouve tout. Écoutez ça, ils parlent même des bateaux :

Article 113-3

La loi pénale française est applicable aux infractions commises à bord des navires battant pavillon français, ou à l'encontre de tels navires ou des personnes se trouvant à bord, en quelque lieu qu'ils se trouvent.

« Et celui-là ! continue Inge : *La loi pénale*...

— Oublie la loi pénale française, c'est du chinois, balance Victoria. On passe chez Papa et on se casse. »

Inge repose le livre en confirmant « c'est vrai que c'est du chinois ». Marie le prend et l'emporte.

10

Chez Papa, pendant que Victoria et Inge récupèrent leurs sacs à dos, Marie tente de laisser un mot à Mado. Difficile à écrire. Il faut penser à tout. Elle en commence plusieurs et se décourage. Elle finit par laisser les 250 euros en liquide que Victoria lui a donnés et écrit simplement : « Je vous appelle vite. Je vous aime. » Et elle sort.

Il faut qu'elle sorte.

L'odeur du passé flotte dans cette maison. Même à l'extérieur, il lui semble qu'un parfum rance et moite la suit. Elle emplit ses poumons pour vérifier qu'elle ne divague pas mais non, c'est bien la même émanation qu'à l'intérieur. Comme si son père, incapable de se lever du lit auquel il est cloué jusqu'à 10 heures tous les matins, tentait de la retenir par sa seule odeur. Elle s'éloigne de quelques mètres mais là encore, la fragrance torpide de la maison de Papa gagne ses narines.

Agacée, elle monte dans sa voiture. Les deux filles déboulent et Victoria rejoint Marie. Par la fenêtre, elle lui tend 300 euros, « au cas où… » ; et elle l'embrasse avec tendresse sur le front. Marie saisit l'argent sans poser de questions. Les deux comparses grimpent dans la 205. Victoria lève le pouce vers le haut, tout est en ordre pour le grand départ, Marie peut les suivre. « T'inquiète, on mettra pas le turbo, avait dit Inge, on te gardera toujours dans le rétro. » Et au pire, certains jours, elles lui donneront l'adresse où se retrouver parce qu'il peut leur arriver de « faire des détours » pour lesquels elles préfèrent ne pas être accompagnées. Rien de grave, mais à deux ça va, à trois, ça le fait moins. « On ne va pas directement chez Emmaüs ? avait demandé Marie. — On y va, mais à notre rythme. »

Les moteurs calmes se mettent en marche. Les deux voitures font demi-tour en même temps. Il est 7 heures du matin.

On n'a donc pas sommeil les jours de fuite ?

11

Inge conduit prudemment sur les routes tordues. (D'où vient que les têtes insouciantes, à la lisière du brasier, peuvent fumer, boire, partir, entraîner derrière elles, agresser, oublier, hurler, et à la fois respecter la limitation de vitesse, ralentir dans les virages, éteindre les phares pour ne pas éblouir le véhicule qui se présente dans l'autre sens ?)

À quelques mètres d'Inge et de sa 205, la Fiesta de Marie, disciplinée, suit. C'est peut-être la dernière fois que la jeune femme fait ce chemin avant longtemps et chaque mètre parcouru lui semble une victoire. Ses pensées erratiques se posent sur le « je te souhaite bon vent » d'Alexandre, qu'elle a perçu comme une invitation au départ. Sur l'article du Code pénal aussi, à propos des navires. Elle s'étonne que Victoria et Inge ne l'aient pas compris. Le sens de cette législation lui paraît clair pourtant : sur un navire français, c'est la loi pénale française qui s'exerce, même s'il est dans des eaux étrangères. Marie est trop confuse pour se demander pourquoi ce qui sonnait comme du chinois aux oreilles d'Inge et Victoria lui paraît si limpide. Elle ne sait pas que son cerveau s'assouplit, comme la jambe d'une petite ballerine qui se lève de plus en plus haut, et dont on suppose la grâce à venir.

Le début du jour se répand sur la campagne. C'est cela qui l'attend ? Rouler la nuit et voir les matins se lever ? L'inconnu devant elle la grise. Rien n'est prévu ou organisé. Sur les chemins de traverse que Victoria veut lui faire prendre, Marie ne saura rien de l'avenir. Les GPS n'indiquent pas les sangliers, les barrages de police, ni les Fiesta qui glissent, invisibles, vers les ravins.

« Je te souhaite bon vent », a dit Alexandre, mais il n'y a pas de vent ce matin. Les branches sans feuilles n'oscillent pas sous les bourrasques et la voiture n'avance que par la volonté du pied obéissant de Marie.

12

Cela fait quarante-cinq minutes qu'elles roulent. Pas de brume sur le bas-côté des routes. Pas de crachin sur le bitume. La voie est libre et dégagée. Elles n'ont pas pris le pont de Normandie. Marie ignore pourquoi, vu le nombre de billets que sa sœur et Inge ont dans leurs poches. Pour aller à Nantes, tout de même, ce serait plus direct. Mais pourquoi filer droit ? Elles n'ont pas pris le pont de Tancarville non plus. Elles ont poussé jusqu'à Quillebeuf et attendent à présent l'arrivée du bac pour traverser la Seine. Pas de contrôles de police inopinés ici. Les travailleurs habitués s'agglutinent pour éviter les péages ou ne pas faire de détour. Ce matin, le bac ne fera que deux rotations par heure en raison des revendications du personnel. Il faut patienter.

Les trois filles se sont garées et sont entrées dans un café, côté raffinerie. Elles se sont juchées sur les tabourets hauts du comptoir métallique. Le lieu mal chauffé, dont les miroirs au mercure épargnent la clientèle tant ils sont abîmés par les années et ne reflètent plus rien, est tenu par une grande dame à chevelure rousse qui fait tourner le percolateur dès 5 heures du matin, quand les premiers bateaux ouvrent leur cale.

Elles ont bu un café chaud. Victoria a trempé ses lèvres dans la tasse blanche puis a eu l'air absent. La fatigue sans doute. Quoi d'autre ? À quoi Victoria peut-elle penser, sinon ? Depuis qu'elles sont ensemble, Marie n'a pas entendu son aînée parler d'autre chose que d'injustice sociale, de drogue, d'alcool, et d'hommes, telle une vieille foraine qui voyage sempiternellement avec les mêmes numéros dans sa roulotte.

Victoria sort justement de sa torpeur pour affirmer que les cafés chauds, contrairement à ce qu'on croit, ça réveille pas. En tout cas, elle, ça l'a jamais réveillée, le café chaud. Inge acquiesce. Ça fait partie des trucs préconçus comme quand on dit que les Noirs dansent bien. Victoria trouve que les Noirs dansent mieux que le café ne réveille. C'est son avis. Et la conversation s'arrête, à la façon de la petite aiguille des vieilles montres mécaniques à soubresauts capricieux. Victoria finit par se diriger vers les toilettes, sans qu'il y ait de conclusion à ses élucubrations.

Inge et Marie sont renvoyées au silence du lieu. La lumière blanche et les murs écaillés font un concours de sinistrose. La toux grasse d'un client pressé tient lieu de fond sonore. Les deux jeunes femmes sortent leur portable et s'y plongent.

Marie tarde à allumer le sien. Elle sait qu'il est tôt encore et elle s'est figuré que tout basculerait vers 10 heures. À 10 heures, Mado prendra son service, Papa se lèvera, Doutremont fera les cent pas devant chez lui en l'attendant. Puis il y aura 11 heures, l'heure à laquelle elle embauche normalement aujourd'hui au bar. Jusqu'à midi, les messages tomberont en pluie drue, un petit concert d'alertes et de sonneries devraient animer sa matinée. Sauf qu'elle coupera tout. Peut-être pour longtemps.

Le petit appareil sous tension exige désormais sa dose de manipulations, les codes, les identifications, que Marie exécute plus par réflexe que par nécessité. Pourtant, quand l'écran s'allume, il lui signale immédiatement un texto auquel le nom de l'expéditeur est associé. Alexandre. Alexandre ? Marie ne peut pas croire ce qu'elle lit : Alexandre ! Qu'est-ce qu'Alexandre lui veut si tôt le matin ? (Il doit être réveillé depuis une heure, peut-être moins, une demi-heure ?) Elle hésite entre la crainte d'un réveil amer du jeune homme, qui aurait réalisé la brutalité de la scène, et la confiance en ce qu'elle a ressenti la veille au soir. Inge est absorbée par son écran personnel, alors, discrètement, Marie appuie sur le message.

J'ai réfléchi. Steiner est pour moi moins attachant que Granger. Granger est un homme courageux.

Un esprit libre et un acteur passionnant.
C'est moins difficile pour Steiner de rester
ce qu'il est... Il n'a pas le choix.

Elle n'a pas le temps de relire. Victoria déboule dans son dos en criant « bouh ! » et sans se retenir de lorgner sur le portable de sa sœur. Que voit-elle exactement ? Le contenu du message ? Le nom de l'envoyeur ? Elle ne balance rien d'autre que : « On se casse ! »

Les trois filles remballent leurs sacs et leurs blousons. Elles sautent dans leur voiture. Marie ressemble à un pantin.

13

La petite Fiesta, nerveuse, reste bien dans le sillage de la 205, qui, à la sortie de Quillebeuf, a longé la deux voies sur une petite route dissimulée.

J'ai réfléchi. Steiner est pour moi moins attachant que Granger...

Cela fait un quart d'heure qu'elles ont franchi la Seine et que le bac les a déposées sur l'autre rive. Un quart d'heure qu'elles roulent. Durant la brève traversée, Marie aurait pu répondre à Alexandre mais elle ne l'a pas fait, encore sous l'effet de la sidération. C'est seulement maintenant, sur cette route perdue, sous le regard de vaches oubliées dans une verdure prodigue, qu'elle prend conscience de sa surprise. C'est vrai qu'hier elle s'était pour la première fois sentie armée face à Alexandre, mais de là à ce qu'il la relance, elle n'aurait pas cru. Et surtout aussi vite.

Les deux voitures sont engagées dorénavant sur une départementale qui traverse les villages et leurs ralentisseurs, leurs sorties d'école, leurs ronds-points saugrenus.

Le pare-chocs de la Fiesta est presque collé à celui de la 205, et une petite joie commence à perforer le corps de Marie : en lui écrivant ce texto, Alexandre n'a pas hésité à braver à son tour l'interdit de la loi ni à se dédire de son « je te souhaite bon vent » aux allures d'adieux officiels. L'inconstance du jeune homme rassure presque Marie. On peut donc faire de grandes phrases honorables et les renier douze heures plus tard, même quand on connaît François Truffaut.

Elle éprouve soudain un sentiment de fierté. Elle n'associe plus sa confiance en elle la veille à la présence de Victoria et Inge, elle s'en attribue même entièrement le mérite. N'est-elle pas seule au volant de sa voiture ? N'était-elle pas seule face à lui hier ? Et puis, elle, elle comprend les articles de loi pris au hasard dans le livre rouge. Marie sourit, fredonne même. *Oh Lucifer, Oh laisse-moi rien qu'une fois*... Et c'est de cette excitation euphorisante que surgit la décision inévitable. Évidente. Une décision aussi impulsive que celle qui l'a poussée à tout quitter quelques heures plus tôt. Une décision de funambule qui ne saurait pas qu'il marche sur un fil, et qui, à la Chaplin, ferait des volte-face intempestives, comme s'il s'apercevait qu'il avait oublié quelque chose de l'autre côté du câble. Alors que la 205 reprend de la vitesse, Marie met le clignotant. Dans la voiture devant elle, Inge et Victoria s'agitent pour lui signifier qu'on ne tourne pas ici, mais Marie ne réagit pas, les doigts serrés sur son volant, les yeux fiévreux. La 205 ralentit à nouveau. Victoria, cette fois, ouvre sa fenêtre et se penche. Elle sort la tête et le bras. Les deux paraissent demander « qu'est-ce que tu fous ? ». Marie ne répond pas. Le clignotant persiste. Têtu. Alors, Victoria récidive en amplifiant son geste et en articulant ostensiblement : « QU'EST-CE QUE TU FOUS ? »

Les deux sœurs se regardent assez longuement, ainsi, au son irrégulier du feu d'avertissement. Puis, d'un coup de volant prudent et déterminé, Marie prend la première route sur la droite qui lui permettra de faire demi-tour. Elle n'évitera pas le pont de Normandie, et sera presque à l'heure pour aller chercher Doutremont. Sur la route principale, la 205 file tout droit, sans aucune intention de fuite.

14

Il est 10 h 15 quand Marie arrive devant chez le juge. Il ne s'est pas impatienté. Il a attendu sagement dans le frimas et la rosée. Quand il l'a vue au loin, il a levé la main, comme pour héler un taxi. Une plaisanterie qu'il n'avait jamais faite jusque-là puisque Marie était toujours à l'heure.

Quand elle ralentit et s'arrête à sa hauteur, il semble ému. A-t-il imaginé qu'il lui était arrivé quelque chose ? A-t-il frémi à l'idée d'être abandonné par la jeune femme ? Marie ouvre sa portière et le prie immédiatement de l'excuser pour son retard. Doutremont ne relève pas. Il s'installe aussi laborieusement que d'ordinaire, posant d'abord son énorme postérieur sur le siège puis rabattant ses jambes en s'aidant de ses mains, presque à la façon d'un handicapé. Marie aussi avait l'impression, ces derniers temps, de porter ses propres membres à bout de bras, engourdie et fruste. Elle était jumelle de ce corps, finalement. Mais cette nuit a modifié quelque chose dans son énergie, comme un carburant frelaté qu'on aurait épuré et qui retrouverait son explosivité.

Chacun de ses mouvements est si familier à la jeune femme, chaque son, si intime. Elle tremble un peu. Elle n'aurait pas aimé décevoir cet homme-là, en vérité. Durant son trajet vers Le Havre, elle a d'ailleurs décidé de ne rien lui dire sur ce qu'elle avait appris de son alcoolémie et son retrait de permis. Quel intérêt de le confronter à ce qu'il a voulu dissimuler ? Qu'est-ce que ça change ? Marie n'a jamais goûté les petits triomphes que sont les mises en porte-à-faux des autres. Elle n'y voit pas de bénéfice. Elle respectera son secret et feindra de le découvrir si un jour il se décide à le lui révéler. C'est mieux ainsi.

Elle démarre, satisfaite.

Le juge ne sait pas qu'il y a des valises dans le coffre de cette voiture, mais il voit le Code pénal, jeté en hâte sur la banquette arrière. Il sourit.

« Vous voulez vous débarrasser de mon cadeau ?

— Quoi ? Non, non, pas du tout !

— Alors, vous voulez l'étudier ? »

Marie ouvre de grands yeux étonnés.

Sixième partie

1

« Elles sont face à moi, dans mon bureau. Avec leur avocat. Hier c'était une de mes journées d'audience. J'ai été saisi d'une demande des deux jeunes filles. L'une seize ans, l'autre dix-sept. Elles veulent voir un juge. Je les écoute. Elles sont aussi grosses que moi, l'une et l'autre. Elles portent des lunettes, des pantalons pour obèses, elles ne se coiffent pas, négligent leurs dents encore blanches et solides. C'est la plus jeune qui me dit qu'elle veut porter plainte pour viol contre son père et son frère, elles sont venues pour ça. Mais à sa grande surprise, et à la mienne aussi, devant moi, l'aînée change d'avis. Il n'y a pas eu de viol. Elle dit que sa sœur ment. Qu'elle est jalouse, méchante, qu'elle veut détruire la famille. L'avocat présent aussi est dérouté par la parole de l'aînée. “Pourquoi es-tu venue avec ta sœur, alors ? — Pour pouvoir dire qu'elle ment !” Désormais, la procédure voudrait que je les reçoive séparément, vu qu'elles ne sont pas d'accord, mais je sens que la vérité des faits ne peut se révéler que par leur confrontation. Les pièces amenées par l'avocat sont troublantes. Il y a déjà eu un non-lieu, quelques années plus tôt, à la suite d'une demande de placement du frère par les services sociaux. Les parents étaient accusés de le tabasser. Il a vingt et un ans à ce jour, il vit encore chez eux et c'est lui qu'on soupçonne de violer la cadette. C'est difficile. C'est difficile. Je demande à l'aînée : "Pourquoi elle dit cela votre sœur, si ce n'est pas vrai ?" L'aînée répond : "C'est son fantasme, j'y peux rien. Elle veut détruire la famille." La plus jeune se révolte : elle ne ment jamais. Elle est honnête. Elle se tourne vers l'avocat : "Dites-lui ce qu'elles vous ont dit de moi, mes amies de l'école." L'avocat confirme : les amies certifient que la plaignante n'est pas "mytho". La grande sœur objecte que c'est parce qu'elles la connaissent mal, elle ment tout le temps ! Et elle rappelle à sa cadette de petits mensonges d'enfance. "Quand tu as dit à papa qu'on t'avait pas rendu la copie alors qu'on te l'avait grave rendue. Quand tu as dit que t'avais fini tes haricots alors que tu les avais jetés par la fenêtre." L'avocat me regarde. Est-ce que je vais arrêter l'audience ? Il me connaît. Il sait que je franchis parfois la ligne mais je suis respecté malgré ça. Je ne m'occupe pas de lui. Tant qu'il ne dit rien, je poursuis l'audience. J'interviens. On n'est pas là pour régler les comptes. Est-ce que vous savez ce que c'est que la justice ? Vous savez que vous n'êtes plus à l'école, que ce n'est pas un jeu ? Vous savez qui je représente ? Je représente qui ? La société. Vous êtes devant la société, mesdemoiselles. Si vous mentez, vous mentez à la société. Pas à votre père, à votre mère, à votre sœur. Vous mentez à la justice française. Je sens que je les impressionne. Alors je continue. J'en rajoute. De derrière mon bureau, je fais des effets de manche. Ce qui est en train de se dire ici est grave. Le viol est un crime sévèrement puni par la loi française. *Article 22-24* du *Code pénal* : *Le viol est puni de vingt ans de réclusion criminelle. Alinéa 4. Lorsqu'il est commis par un ascendant ou par toute autre personne ayant sur la victime une autorité de droit ou de fait.* Je sors le livre. Je le glisse sous leurs yeux comme un objet sacré. Je sens que les deux jeunes femmes faiblissent. J'ai la sensation que quelque chose va se passer. Je ne suis plus juge, je suis un flic qui attend des aveux. Je ferais bien durer un peu. Je suis sur le point d'obtenir la vérité. La vérité des faits, hein ? Pas celle de l'émission de radio ! La cadette craque la première, en larmes. “Je ne mens pas. Je ne mens pas… dis-leur. Pourquoi t'es venue avec moi si c'est pour pas leur dire ?!” La deuxième résiste encore. Je ne fais rien. Je répète juste : “Vous avez saisi la justice d'une demande d'entretien, vous devez vous mettre d'accord.” La cadette sanglote. L'aînée serre les dents puis elle murmure :

“Moi aussi. Moi aussi ils m'ont violée.”

J'ai demandé : “Qui ? Qui vous a violée ?

— Mon frère. Mon père.”

J'ai vu l'horreur dans les yeux de la cadette. L'horreur de ce qu'elle pressentait sans doute déjà. Mais aussi le soulagement. Elles étaient soulagées toutes les deux. Elles se sont mises à pleurer ensemble, je leur ai dit que j'allais transmettre au parquet. C'est du pénal. Je ne suis pas habilité. Elles pleureraient plus tard. Dans ce bureau, on pesait quatre cents kilos à nous trois. Trois colosses aux pieds d'argile. »

Marie n'a fait que passer les vitesses, au rythme d'une circulation saccadée, silencieuse, en écoutant le récit du juge, déposé là, dans l'habitacle, comme au confessionnal.

2

Pour ne pas inquiéter Mado, Marie a simplement passé un coup de fil évasif promettant d'être là le lendemain. L'aide à domicile a demandé à qui étaient destinés les 250 euros et Marie a improvisé : « C'est un cadeau de Victoria. Si Papa veut s'acheter du caviar. Et toi aussi tu peux t'acheter un truc. » « Bon, on verra ça… », a conclu Mado. Elle a repéré une belle écharpe d'homme à 19,50 euros à Monoprix, ça le changera. Et pour le reste, il y a tellement de choses à payer. La porte de derrière qui ferme mal. La chasse d'eau qu'on doit sans cesse ajuster. Pas la peine de gaspiller en futilités.

Maintenant, Marie court dans les allées du café, plateau en main, sourire aux lèvres. Elle repense à l'émotion de son passager, tout à l'heure, quand il lui a raconté l'histoire de ces deux sœurs. Étrangement, la fierté d'être sa confidente dans un dossier aussi sérieux l'a emporté sur la désolation que traduisait le récit. Mais plus étonnant encore, l'appréhension technique de la façon dont le juge a procédé pour obtenir cet aveu, en tenant compte de la loi, de la psychologie, des limites de sa fonction, était une source de plaisir. « Vous êtes le cas Leroy ? » lui avait demandé Doutremont lorsqu'elle l'avait croisé après sa comparution. Elle comprend ce terme désormais.

La possibilité qu'une histoire humaine devienne un « cas » aux yeux de la justice ne la heurte plus. Elle en pressent même la nécessité.

La ronde de la clientèle se poursuit. L'usine à café envoie sa vapeur et ses percussions. Les Converse roses exécutent leur marathon quotidien. Un Perrier sans rondelle. Un-thé-vert-est-ce-que-vous-avez. Un demi. En-bière-blonde-qu'est-ce-que-vous-avez. Un café. Un café. Un allongé. *J'ai réfléchi. Steiner est pour moi moins attachant que Granger. Granger est un homme courageux. Un esprit libre et un acteur passionnant. C'est moins difficile pour Steiner de rester ce qu'il est... Il n'a pas le choix.* Marie se répète en boucle ce texto qui semble marquer un désaccord complice, pareil à celui qui oppose parfois les invités de la radio, et qu'elle prend comme un honneur troublant.

Allées-venues, petite valse. Son entrain résiste à tout aujourd'hui ; aux petites agressions de la clientèle, aux réflexions de Leila aussi, qui, depuis qu'elle a réussi un casting pour une série tournée dans la région, a pris un début de grosse tête et se comporte comme si elle n'était déjà plus des leurs. Mais la joie de Marie est une protection en cotte de mailles légères. Une joie guerrière et sexy, en quelque sorte.

Après son service, elle doit attendre le juge qui s'est rendu à son rendez-vous mystérieux, à côté de la brasserie. Elle patientera dans la voiture et là, elle rédigera sa réponse au SMS d'Alexandre.

3

Bernard Granger est attachant aussi. J'ai l'impression qu'il pourrait être de ma famille, c'est peut-être pour ça. Alors que Steiner, j'ai l'impression qu'il est de ta famille. Mais enfermé.

Non.

C'est vrai que Bernard Granger est attachant, mais il pourrait être de ma famille. Du coup c'est comme si je le connaissais trop. Même s'il est courageux c'est vrai. Alors que Steiner, il est comme un étranger pour moi, mais un étranger intime. Je dirais.

Non.

C'est vrai que Bernard Granger est attachant, mais j'ai l'impression que je pourrais le croiser, discuter avec lui au café. Il est familier pour moi. J'aime mieux Steiner parce qu'il est enfermé et étranger. Étranger intime.

Elle ajoute après « étranger intime » :

Il pourrait être toi.

Oui.

Envoyer.

Marie a reculé le siège conducteur pour pouvoir patienter confortablement et allonger ses jambes. La nuit est tombée et le portable, posé sur ses cuisses, se met en veille au moment exact où les lampadaires s'allument, en un synchronisme cabalistique. (Il est des moments de nos vies où tout fait signe. Notre part mystique est prête à croire à tous les symboles glissés dans nos journées, que nul autre que nous n'a perçus ou n'interprète ainsi, mais qu'importe. Poussés par une extralucidité souvent passagère, nous sommes sûrs d'avoir raison : *on* nous dit quelque chose et il faut le traduire.)

Déjà, elle trépigne de ne pas avoir de réponse. Pourtant, quand tinte le son discret d'un SMS elle se redresse : Alexandre. C'est bien lui. Déjà. Le temps long redevient court. Marie lit : plusieurs textos s'enchaînent. Alexandre répond, toujours à propos du film. Il écrit bien. Il fait des phrases avec des points. Il emploie peu d'émoticônes et la jeune femme se sent d'autant plus respectée : pas besoin de lui faire un dessin. Elle répond à nouveau. Et voilà. L'échange est lancé. Le jeune homme la remercie pour son « étranger intime ». C'est peut-être la place qu'il aimerait occuper dans la vie des gens. Celle de l'artiste, tout simplement. Il en est loin. Il a peur de ne pas y parvenir. Il se demande si ce n'est pas trop tard. Marie répond. Chaque SMS lui prend du temps. Trop de temps. Mais cela plaît à Alexandre. Il le lui écrit. Il aime qu'elle ne soit pas dans cette frénésie dactylographique. *Tu as cette lenteur en toi, je l'ai remarquée.* Il évoque son énergie et sa force lente. Il lui demande *Qu'est-ce que tu fais maintenant ?* Elle répond : *J'attends. Qui ? Je ne peux pas te le dire...*

Alors il l'appelle. Secousse quasi sismique dans le cœur de Marie. Elle décroche. La voix fougueuse ne dit pas bonjour ; inutile puisque la conversation est déjà commencée. Et puis ce n'est pas la manière de l'empressé qu'il est : « Ce que parvient à faire Truffaut dans ce film, c'est un exploit. Tu vois ce que c'est une boule à neige ? Eh bien *Le Dernier Métro* c'est une boule à neige grandiose. Truffaut réussit à faire entrer la Seconde Guerre mondiale en France dans un petit théâtre. Tout y est : la Résistance. La collaboration. L'Occupation. La presse. » Pour Alexandre, *Le Dernier Métro* est un film historique plus que la représentation d'un trio amoureux. Le trio amoureux, c'est un des thèmes fétiches du réalisateur. Il n'a pas pu s'en empêcher. « Mais si tu écoutes la voix off du début, tu sais, la voix qui raconte, elle sonne comme une référence au documentaire. » Et Alexandre revient à Granger, son humour, sa légèreté malgré les risques qu'il prend. Il admire qu'il ne s'arrête pas à son art, alors que lui, Alexandre, il n'y a que ça qui l'intéresse. Granger le fascine. Marie argumente : Granger sait pourquoi il se bat. Steiner, lui, est maintenu dans sa cave. C'est absurde. Il ne comprend pas. Il est impuissant. On le contraint à l'ignorance. « Mais il pourrait sortir ! Certains juifs sont sortis malgré tout ! » proclame le jeune homme.

Il est séduit, ferré. Il aime tout ce que dit Marie. Il redécouvre le film avec elle. Très vite, il regrette cette interdiction judiciaire entre eux. Cette épée de Damoclès au-dessus de leur tête. Il a souvent pensé à leur altercation. Il n'arrivait pas à savoir qui était vraiment responsable. C'est dangereux pour elle ce qu'ils sont en train de faire là, non ? Il est jeune. Il est romantique. Aussi insouciant qu'elle, finalement, prêt à défier les appareils. Marie soupire, comme si elle avait sauté des haies et des flaques et des buissons touffus. Comme si elle avait enjambé le monde. Puis : « Je ne peux plus te parler. » À l'autre bout de la rue, Doutremont se dirige vers la voiture. Alors, sans qu'Alexandre n'obtienne d'explication : « Salut ! » Elle range son portable qui presque immédiatement reçoit des cascades de textos.

Alors qu'elle ramène Gérard Doutremont chez lui, la déferlante d'alertes messages se poursuit. Le juge s'en agace et met la radio.

Isabelle Sorente a raison. Aujourd'hui, on traduit tout en chiffres ou en nombres. C'est l'ère de l'exaltation du chiffre... La sécurité, c'est le nombre d'arrestations, de condamnations, la qualité d'un film c'est son nombre d'entrées. Contrairement à ce qu'on nous dit, la réalité est dissimulée, opacifiée par les chiffres. Ce n'est pas de la science, c'est une espèce d'obscurantisme, comme un anxiolytique...

4

Dans la petite maison de Papa, Marie a exécuté le rituel du coucher. Les traces de Victoria et Inge ont disparu totalement, sauf dans les yeux du père, amputé d'un membre dont il avait presque oublié l'existence ces dernières années et qui se remet à lui faire mal. Mado est partie, laissant 200 euros sur la table. Sans doute achètera-t-elle avec les cinquante envolés l'écharpe, et un surplus de quelque chose pour elle au Monoprix. La quinquagénaire et son époux vivent avec peu et le petit agrément qu'on s'offre, légèrement au-dessus de ses moyens, est si rare dans sa vie de femme utile et fourbue, qu'elle aurait tort de s'en priver. Marie a d'ailleurs serré dans sa poche les 300 euros laissés pour elle par Victoria. Elle ne sait pas encore ce qu'elle en fera.

Avant de partir, elle a caressé la joue de son père, qui, pour une fois, n'a pas juré. Ni insulté. Puis elle a repris la route vers chez elle, dans cet état d'excitation qui ne la quitte plus.

Ce soir, les possibles sont comme les perles multicolores d'un collier pour enfant à fabriquer. Si l'une se perd, le sac est encore plein, et on ne se penche même pas pour la retrouver. Ce soir, sa jeunesse la tient plus que tout le reste. Tout est envisageable, devant. Rien ne l'oblige à l'espoir. Rien ne l'oblige au désespoir. Attente ou frénésie, action ou immobilité, rien ne presse. Les rides sont des sornettes. Hier, elle était foutue et déjà vieille, aujourd'hui elle est ressuscitée. Et elle commence à comprendre que ce jeu de balancier pourrait bien durer longtemps. Ce soir, sa jeunesse en expansion l'emporte sur l'adversité d'une société qui empêche. Tout se considère. Marie regardera tout à l'heure les SMS laissés par Alexandre. Quand elle en aura envie. Quand elle ne pourra plus faire autrement.

5

— *Est-ce que tu as vu* La Femme d'à côté *?*
— *Non.*
— *Je t'envoie un lien.*
— Thanks.
— *Tu l'as reçu ?*
— Yep.
[...]
— *Maintenant, je l'ai vu.*

— *Tu l'as déjà vu ?*

— *Ben ouais. Ça dure même pas deux heures. Je l'ai vu.*

— *Alors ?*

— *L'actrice, elle m'a beaucoup plu.*

— *Tu préfères lequel des deux ?* Le Dernier Métro, *ou* La Femme d'à côté *?*

— *Pourquoi tu me demandes ce que je préfère ? On n'est pas obligé de préférer.*

— *Pas faux. Mais pas tout à fait vrai non plus.*

— *Elle, on dirait qu'elle sort d'une scène de théâtre. Un Granger au féminin. Même son physique.*

— *Elle te plaît ?*

— *Oui. Dans sa façon de parler. Sa voix. J'aime bien François Truffaut. Les histoires qu'il raconte.*

— *Ahhhh !!!!!*

— Smiley. *C'est comme si on entrait dans la maison de gens qu'on ne connaît pas. Ou dans un monde qu'on ne connaît pas. Un autre monde.*

— *C'est exactement ce que j'aime avec le cinéma.*

— *T'es pas bien dans ce monde-là ?*

— *Je suis perdu dans ce monde-là.*

— *Ah bon ?!!! T'as pas l'air.*

— *... J'ai envie de te voir.*

— *On n'a pas le droit.*

— *Maintenant.*

— *On n'a pas le droit.*

— *Je dirai que c'est moi.*

— *Dans* La Femme d'à côté *non plus ils ont pas le droit. Tu as vu où ça les mène ?*

— *Je te promets que je ne mourrai pas.*

— *...*

— *Tu réponds plus ?*

— …

— *Tu habites où ?*

— *Près du stade.*

[…]

— *Ça y est, je suis près du stade. Tu es où exactement ?*

— *Tu es près du stade ?!*

— *Ben oui, je suis venu à vélo, je suis près du stade. Mais ça caille. Tu habites où, exactement ?! J'ai pris* La Sirène du Mississippi *avec moi.*

— *C'est quoi ?*

— *Catherine Deneuve. Celle du* Dernier Métro. *Et Jean-Paul Belmondo. Et à la réalisation… ?*

— *François Truffaut.*

Marie a donné l'adresse et l'étage. Et cinq minutes plus tard, Alexandre est entré dans son salon.

6

Ils n'ont pas perdu de temps. Ils ont fermé les rideaux comme si les services secrets pouvaient surveiller leurs faits et gestes et ils ont introduit *La Sirène du Mississippi* dans le lecteur de l'ordinateur. Ils se sont allongés sur le lit, ont posé l'appareil sur un coussin, et ont appuyé sur Play. Il n'a pas fallu longtemps avant qu'Alexandre ne prenne la main de la jeune femme et la serre dans la sienne. Pas très longtemps encore avant que leurs mains ne se séparent pour se poser ailleurs. Celle d'Alexandre s'est attardée longuement sur la cuisse de Marie, glissant vers l'intérieur pour flirter avec son sexe qui s'est ouvert peu à peu. La main de Marie a déboutonné la chemise du garçon pour pouvoir accéder à son torse, sur lequel elle a posé sa tête pour écouter les variations de son cœur au gré du déroulement du film.

L'histoire trouble, palpitante aussi, de *La Sirène du Mississippi* a défilé. Le sexe d'Alexandre s'est dressé mais Marie ne s'en est pas occupée tout de suite, intriguée par le film. Sans quitter l'écran des yeux, Alexandre a enlevé son pantalon, alors Marie l'a imité. Ils ont emmêlé leurs jambes nues. Parfois, le pied de l'un, ou de l'autre, est monté plus haut, près du brasier, pour maintenir l'excitation, le désir, qui ne les lâchaient pas. (« Si je te pose une question, tu me réponds ? — Oui. — Tu as aimé beaucoup de garçons ? — Oui. — Pourquoi ça s'est arrêté ? — Quelquefois je partais, d'autres fois c'est eux qui sont partis… »)

Marie a dit dans un sourire « J'ai chaud », et elle a retiré son sweat-shirt, d'un geste habitué, puis l'a jeté en boule par terre. Son soutien-gorge, c'est Alexandre qui le lui a enlevé. (« Cette fille que tu as aimée j'ai pas de mal à imaginer qu'elle était mieux que moi. — Elle était autrement. On avait dit qu'on parlait d'autre chose. Allez, sois pas triste. »)

Quasi nus, ils sont allés jusqu'au bout du film. Retenant encore ce qui ne manquerait pas d'avoir lieu.

Quand les dernières notes du générique ont retenti, ils n'ont pas attendu une seconde de plus et se sont enlacés avec une tendresse ardente. Caresses. Lenteur. Gorgées de désir, leurs mains ont encore flâné, sur les monts et les creux de leurs corps vivaces. Puis Marie s'est impatientée. Les images, les sensations de ces dernières semaines sont venues vrombir en elle, bouillonnant carburant. Elle a voulu chevaucher Alexandre. Alors, elle s'est assise sur lui et, volontaire, énergique, elle a enfourné son pénis dans sa vulve, puis, sans qu'Alexandre se rebiffe, elle a pris son temps, et elle s'est fait jouir à force d'oscillations et de secousses.

Le jeune homme a souri presque tout le long de l'étreinte, surpris et comblé. La fougue de la jeune femme, son appétit de le posséder l'avait déjà troublé la première fois, mais il donnait le tempo et elle le suivait ; il voit bien qu'aujourd'hui, l'embrassement impétueux de Marie va au-delà de sa personne. Ce n'est pas seulement avec lui qu'elle baise. Il incarne quelque chose d'autre ; il ignore quoi. Cela ne le dérange pas. Il est presque heureux d'être réduit au rang de symbole. Plus encore, de témoin.

7

Cette fois encore, la femme grande est sur le perron de sa maison. Elle porte un pantalon fluide sous une tunique aux reflets dorés. Elle a gardé ses lunettes et ramène ses longs cheveux sur une seule épaule. Les phares l'éblouissent ; elle lève la main devant ses yeux.

Doutremont se dirige vers elle alors que Marie fait son demi-tour pour repartir. Quelque chose la retient ce soir, une envie d'en savoir plus, peut-être, sur ce lien dont son passager ne parle jamais et qui excite désormais sa curiosité. Elle les observe dans son rétroviseur extérieur et surprend un geste enveloppant de l'homme vers la femme, qui y répond par un rire sonore. La chaleur de l'accueil attise plus encore la curiosité de Marie, alors elle lambine pour exécuter sa manœuvre ; elle s'y reprend à plusieurs fois, feignant d'être gênée par l'obscurité. Elle cale même volontairement et échoue à redémarrer, jusqu'à ce qu'elle voie enfin les bras de la grande femme s'agiter pour lui dire d'attendre ; la voiture s'immobilise aussitôt.

La silhouette s'avance à grands pas heureux, et se penche vers la fenêtre conducteur qu'elle gratte avec ses ongles parfaitement vernis, pour que Marie lui ouvre. Une fois la vitre descendue, c'est une voix plutôt grave qui lance : « Venez ! Qu'on fasse connaissance, quand même ! Venez boire un coup, allez ! » Marie accepte et remercie, imitant plutôt bien la surprise de celle qui ne s'y attendait pas. La maîtresse du juge est d'une grande beauté. Sa mâchoire large, son nez long, ses pommettes marquées côtoient des lèvres charnues et de grands yeux aux cils recourbés, le tout formant un visage puissant et étrangement raffiné.

Doutremont, sur le perron, a déjà tourné le dos pour entrer dans la maison aux lumières tamisées.

8

La longue femme fait entrer Marie et quand elle se retourne pour lui prendre son blouson, malgré l'éclairage étudié du hall, Marie remarque les signes masculins de sa morphologie. Les épaules larges, l'absence de hanches, la très haute taille.

« Je m'appelle Charlie. Entre. »

La femme lance un regard vers Doutremont, comme pour s'assurer une dernière fois de son accord ; il répond en s'engageant un peu plus vers l'intérieur.

Un feu de cheminée velouté crépite dans le salon de cette maison à baies vitrées, tout l'inverse de celle du juge. Ouverte sur le monde, l'ordre et l'élégance y règnent, on sent que chaque objet a réclamé sa place juste et l'a obtenue. Tout ici respire la recherche d'harmonie : les plaids cotonneux déposés sur les canapés, le tapis noir et or séparant la lourde table en marbre d'un sol carrelé. Même les tableaux aux murs sont en accord avec les tons du lieu et leur dessin mi-figuratif, mi-abstrait semble inviter chacun à sonder sa part occulte.

Le juge est déjà assis dans un fauteuil et sert du whisky. Charlie se déhanche pour s'installer sur le large accoudoir avec une rigoureuse féminité.

« Je préfère désamorcer direct, comme tu es jeune, hein, et que tu me regardes bizarrement. Je suis une femme depuis peu. J'étais un homme avant. Je suis trans. »

Les yeux de Marie s'écarquillent. Elle a beau avoir pressenti l'information, sa boîte crânienne est envahie par une avalanche de questions, tant sur cette créature qui déclare avoir changé de sexe (dans quelle émission de téléréalité a-t-elle déjà vu ça et qu'avait dit le candidat pour expliquer ce prodige de la science ?) que sur le juge qui entretient une relation avec elle. C'est d'autant plus insolite que ça ne ressemble pas à un lien intéressé comme elle se l'était figuré. Elle voudrait cacher son trouble mais, héritière de préjugés qui la dépassent et la submergent, elle se montre ridiculement choquée.

« J'avais très envie de te rencontrer. C'était bizarre de te voir faire demi-tour à chaque fois. On n'est pas des bêtes. Ça ne t'ennuie pas qu'on fasse connaissance ? »

Marie ne répond pas et son mutisme déroute Charlie un instant. Elle n'ignore pas l'effet de stupeur que crée l'annonce de sa transition auprès de certaines personnes mais elle pensait que Marie aurait cet air blasé d'une génération biberonnée à la tolérance envers les excentricités de ce monde, tolérance inoculée dans des années lycée où il est bon de n'être jamais surpris, déjà au courant, prévenu de tout. Elle se tourne vers le juge qui affiche une expression plutôt amusée. Il sait que sa conductrice n'est pas tout à fait fondue dans le moule de son époque, alors il suggère :

« Tu devrais peut-être te présenter, Charlie, non ? »

La femme s'étonne puis éclate d'un rire évident, comme si elle avait cherché désespérément son poudrier et que son compagnon l'avait retrouvé sous ses yeux.

« Mais oui, vraiment… Avec plaisir, bien sûr. »

Charlie, c'est son vrai prénom. Même quand elle était un mec, elle s'appelait Charlie. Au départ, elle était avocate, mais maintenant, elle fait du conseil. C'est moins exposé et ça convient mieux à sa nouvelle identité. Ce n'est pas un sacrifice car elle n'a jamais vraiment eu le goût de la cérémonie et de la mascarade que réclament les métiers du barreau. Elle a rencontré Gérard à Rennes, alors qu'elle était encore un homme, il était d'une grande beauté.

« Ça, ça veut dire que je suis moche aujourd'hui », ponctue Doutremont sans susciter toutefois le sourire de Marie, encore stupéfiée.

Charlie dément. Non, elle trouve qu'il est un obèse magnifique, mais il était mince, sportif, buté ; et d'une pureté qui lui donnait un air d'extraterrestre dans ce monde de compétition acharnée.

« Il avait un charme fou. Une rigueur obsessionnelle complètement excitante ! Il était très solide sur les textes, mais il prenait surtout en compte ce que certains appellent "la part du juge". Celle qui fait la différence entre un jugement et un autre. On l'appelait 3GC, grande-gueule-grand-cœur. Parfois il outrepassait sa fonction, mais c'était toujours pour le meilleur. Je l'admirais. Beaucoup. Sais-tu que Gérard est issu d'une famille de surdoués ? »

Marie acquiesce, figée. Elle scrute Charlie comme pour détecter sa substance véritable. Est-elle homme ou femme, finalement ? Ou bien faut-il, cette fois encore, renoncer à la clarté et laisser flotter les brouillards ?

Charlie poursuit. Son phrasé est un peu nerveux, rapide, comme si elle craignait qu'une hypothétique hostilité de Marie surgisse dans les silences. Elle s'est juré de dépister un jour le mystère de la fratrie Doutremont, le gène magique qui les a tous fait franchir le plafond de verre sans même se poser de questions. À Rennes, Gérard était tout frais sorti de l'ENM, l'école de la magistrature qu'il avait faite sur le tard. Quand il a été nommé, tout le monde voulait passer dans son bureau. Les avocates inventaient des prétextes pour avoir des rendez-vous avec lui. Charlie était un homme plutôt androgyne, fin. Le désir que lui inspirait Gérard la perturbait. Elle avait vécu jusque-là des amitiés amoureuses avec des femmes, mais, issue d'un milieu catholique, elle s'interrogeait encore sur sa propre sexualité. Était-elle *homosexuel* ? Il lui semblait que ce mot ne parvenait pas à la contenir, mais elle n'en trouvait pas d'autre.

« Un jour, je l'ai croisé à l'hippodrome de Saint-Malo. Complètement accaparé par la course. Quand il m'a vu il s'est senti pris en faute mais il a assumé ça très bien. Il m'a parlé de son rapport au jeu et… ça m'a fait un de ces effets !

— Je lui ai juste dit qu'on ne contrôlait pas le hasard. Qu'on faisait tous des combinaisons subtiles, des calculs savants. Mais en réalité, il faut juste s'abandonner à son bon vouloir.

— “Et aimer ça !” Il a dit : “S'abandonner à son bon vouloir, et aimer ça.” J'ai bandé immédiatement. Je ne sais pas pourquoi… cette phrase ! Hop. »

Le rire de Charlie cabre un peu Marie, toujours médusée et muette.

Doutremont prend le relais pour expliquer qu'ils se sont perdus de vue, puis retrouvés il y a cinq ans, lors d'un colloque à Caen sur les erreurs judiciaires. C'était l'une des premières interventions publiques de Charlie en tant que femme. Elle y était invitée pour parler de l'affaire Durand, l'affaire Dreyfus de la classe ouvrière. Elle a rédigé un mémoire sur ce sujet quand elle était jeune homme. Elle y faisait sans cesse référence, et en connaissait les moindres détails. Charlie précise que Jules Durand a été condamné à mort en 1910, à Rouen, pour complicité de meurtre. Il était l'un des meneurs de la grève des ouvriers du port du Havre, la lutte des classes était à son comble. On l'a accusé d'avoir, par complicité silencieuse, fermé les yeux sur le meurtre d'un non-gréviste, lequel s'était en réalité juste battu avec des ivrognes. Durand a toujours clamé son innocence.

« Et on l'a su, qu'il était innocent ? » demande Marie.

C'est la première fois qu'elle intervient vraiment et le juge semble soulagé. Il n'ignore pas les efforts déployés par sa compagne pour conquérir sa jeune invitée, l'intéresser, lui faire oublier la tension que crée presque systématiquement l'aveu de son identité.

« Oui, huit ans plus tard, il a été blanchi par la Cour de cassation. Sauf qu'il ne l'a jamais su, il était devenu fou en prison. Il a terminé ses jours en hôpital psychiatrique. »

Ce jour-là, donc, Charlie sur son estrade s'apprêtait à exposer les leçons de l'affaire Durand à un auditoire attentif. Elle avait lu que Gérard Doutremont devait intervenir tout de suite après elle ; il serait très probablement dans la salle.

« Je le guettais, sans succès. Inquiète, excitée, terrorisée ! Mais comme il n'arrivait pas, je me suis résolue à commencer. Au bout d'un certain temps, je ne sais pas… Dix minutes, un quart d'heure, j'ai vu la porte du fond de la salle s'ouvrir. Et même s'il avait pris trente kilos je l'ai reconnu tout de suite. Il n'avait plus cette force janséniste de ses jeunes années mais il émanait toujours de lui une foi invisible et inconsciente contre laquelle il ne parvient pas à lutter. Gérard est un croyant qui s'ignore ! Il s'est assis et il s'est mis à me fixer, longuement… très longuement… »

Marie écoute, suspendue aux lèvres de Charlie, impatiente de savoir comment Doutremont a réagi, lui, face à ce qui la déroute tant aujourd'hui.

« Il me dévisageait. Je sentais la persistance de son regard. Il se disait, c'est quoi cette grande gigue, qui parle de l'affaire Durand comme en parlait Charlie ? N'est-ce pas ? »

Doutremont confirme, amusé.

« Et puis j'ai vu son expression changer, tu sais, le genre de truc jubilatoire quand tu as fait un *cispassing*. La tête de ceux qui t'ont connu ! Tu es un peu en train de leur dire "Tu ne l'avais pas vue venir, celle-là !". Enfin, je frime un peu… J'avais peur aussi. Tellement peur d'être rejetée ! Tellement peur de réveiller les violences… »

Marie concède que l'ambiguïté de Charlie a activé une brutalité en elle tout à l'heure, mais à présent tout dans cette maison l'apaise. Il y a de la sensualité même dans ses inflexions quand elle raconte, dans ses regards réguliers vers Gérard, pour vérifier qu'elle demeure dans un espace de confidence tolérée. Chacun de ses gestes (elle met de la glace dans le whisky, elle ranime les flammes du feu de bois) est précis, fluide, aussi naturel que le danseur qui a oublié son art. Elle ne se contrôle pas comme certaines filles maniérées que Marie déteste. Et puis surtout, dans ce décor, rien ne vient vous percuter, provoquer.

« Je peux raconter la suite, Gérard ? »

Le juge acquiesce. Il sait qu'en racontant, Charlie préserve sa pudeur et lui épargne de confier lui-même ce qu'il a finalement envie que Marie entende.

La première fois qu'ils se sont revus après leurs retrouvailles, il l'a invitée à déjeuner par politesse, mais aussi, Charlie le voyait bien, parce qu'elle l'intriguait. Ils ont vite retrouvé leur complicité intacte, de laquelle elle se tenait à distance car lorsqu'on transitionne, la susceptibilité est exacerbée. Il faut se protéger. Gérard dénichait plein de prétextes pour la voir ; elle était devenue sa distraction. C'était très troublant et douloureux parce qu'elle était sûre de n'avoir aucune chance avec lui, tellement macho, et elle ne se résignait pas pour autant au statut de « hobby » dans la vie de celui qu'elle admirait tant. Et un soir, c'est arrivé. Ils étaient au restaurant. Elle tenait entre ses doigts le pied de son verre de vin qu'elle faisait tourner d'un côté, puis de l'autre, pour se donner une contenance sans doute, quand la main de Gérard est venue se poser sur la sienne et interrompre son geste. Charlie a d'abord cru que sa manipulation l'agaçait mais il n'a pas retiré sa main. Il a même glissé ses doigts entre les siens. Un immense frisson l'a traversée, comme si son corps lui disait « enfin ». Elle a bredouillé : « Ne joue pas avec moi Gérard… ça me ferait trop mal. Tu n'as pas de désir pour moi. »

« Et ce qu'il m'a répondu, mon Dieu… ce qu'il m'a répondu… C'est d'une telle classe…

— Il vous a répondu quoi ?

— "On ne choisit pas d'aimer. C'est aimer qui te choisit." »

Marie semble absolument déconcertée par cet hyperromantisme qui se déploie sous ses yeux, et Charlie rit devant tant de stupeur. Elle se délecte d'assister à ça, l'étonnement de quelqu'un qui découvre les ombres et les recoins des êtres, leurs supercheries et leurs coups de théâtre. Elle murmure, peut-être pour aider la jeune femme : « Le chemin est tellement long… tout est tellement possible…

— Maintenant il est un peu las de moi, Gérard. Il est un peu las de tout. Il s'ennuie. Il a une compagne transgenre, et il s'ennuie. Il est à l'opposé de toi, plus rien ne l'étonne.

— Tu m'étonnes, toi, intervient Doutremont comme s'il voulait reprendre la main.

— À la fois, il n'est pas le seul ! Tu sais quelle a été ma plus grande surprise au moment de mon *cis-passing* ? C'est que tout le monde s'en fout. Une fois exprimés les premiers "oh" et les premiers "ah", chacun repart vers sa petite symphonie personnelle ! Tout le monde s'en fout. C'est très féminin ce que tu viens de faire.

— Quoi ?

— Te tenir au bord du siège. Je sais pas si tu as remarqué, mais les mecs, même les timides, s'assoient tous bien au fond du fauteuil. »

Doutremont a contesté. Charlie a argumenté. Doutremont a taquiné. Charlie a milité. (« Je caricature un peu. On ne peut pas avoir une vision uniquement genrée de la conduite des êtres humains, et je sais de quoi je parle. Être un homme ou une femme n'est pas la question essentielle de l'*Homo sapiens*, question qui, selon moi, se résume à "suis-je vraiment mortel ?". Rien à voir avec un pénis ou un vagin ! ») Doutremont a dit qu'il avait faim. Charlie en a profité pour faire rire Marie, qui a pouffé plutôt qu'elle n'a ri, laissant le son libérateur se cogner contre ses dents blanches, trop peu habituée sans doute, et on aimerait, pour voir, retrouver son enfance, ses premiers éclats de rigolade devant un clown ou une farce, quand le visage était ouvert et quand l'insouciance n'avait pas encore rendu les armes. Charlie a cuisiné des œufs au plat, avec des tranches de pain grillé, quelques feuilles de salade verte vite assaisonnées, et un vin rouge épais qu'elle a décrit en se gorgeant de mots goûteux : « charpenté », « tendre », « gouleyant », « souple ». Puis elle a profité d'un moment d'absence de Doutremont, occupé à débarrasser, pour remercier son invitée impromptue.

« Tu sais que tu es ma sauveuse ? Depuis son retrait de permis, Gérard venait beaucoup moins me voir. Sa voiture est enterrée chez un garagiste du bout du monde. Il l'a échappé belle, faut dire. Il ne veut pas le repasser. Il ne veut plus apprendre. Et il ne veut pas que je vienne chez lui, parce que c'est une maison pétrifiée. Un sarcophage depuis la mort de l'autre. »

Charlie précise que « l'autre », c'est Judith, et ce n'est pas péjoratif dans sa bouche. Elle l'appelle « l'autre » parce qu'elle est l'inconnue, le fantôme. L'occupante. Or, depuis que Marie le conduit, Charlie a remarqué un regain de pétillement dans ses yeux. Elle a la faiblesse de croire que c'est parce qu'ils se voient plus souvent. Elle s'est aussi demandé si Marie n'avait pas « quelque chose » qui ranimait Gérard. Elle reconnaît que c'est aussi pour cela qu'elle l'a laissée entrer ce soir. Pour tenter de comprendre.

« C'est vous qui lui faites du bien, je suis sûre », murmure Marie.

Charlie rougit, touchée. C'est compliqué de s'aimer, de croire en soi. Et pourtant tout s'est simplifié depuis qu'elle a changé de sexe. Tout s'est aligné. Ce qui était douleur ne l'est plus. C'est très singulier. Elle bénit la science qui permet enfin de se sortir de cette prison qu'est le sexe de naissance et surtout du regard des autres dont tu sens qu'il te perçoit de façon erronée.

« On s'engueule tellement avec Gérard à ce propos. Il est persuadé, lui, que l'homme, à force de jouer les démiurges, va fabriquer des monstres. Pardon, mais les monstres, Dieu sait très bien les fabriquer aussi. Si tu savais comme je me fais insulter chaque jour. »

Quand Doutremont réapparaît, c'est étrange mais Marie a la sensation soudaine de déranger. Alors elle se lève et murmure un « il est tard » qui suscite un bourdonnement approbateur. Le couple insolite la raccompagne jusqu'à la porte et la suit des yeux alors qu'elle s'enfonce dans le jardin et que les cellules photoélectriques s'allument sur son passage.

9

Il fallait donc ouvrir les grilles, entrer dans les maisons, prendre les ponts suspendus, passer les contrôles électroniques des tribunaux ; il fallait donc changer d'itinéraire, suivre les GPS autoritaires, désobéir aussi, sans doute. Et puis allumer la radio sans comprendre ce qu'on y raconte, tant de fois la radio, les ondes avec leurs oscillations volubiles, leurs joutes, leurs pontifiants déballages de références ; oublier son père un peu, désaimer sa sœur malgré la trace profonde de sororité, de gémellité même, la trace qui ne disparaîtra jamais, qui se transmettra, peut-être, de génération en génération. Se battre, baiser, ramper de terreur et de désespoir, terrorisée par l'avenir, affronter les courriers des banques, demander aussi, c'est ce qu'il fallait. Demander, et insister. Oser. Chercher. Être au-delà des humiliations. Sans rancune. Sans tenir les comptes. Il fallait donc tout cela pour apercevoir un peu de l'infinie richesse du monde qui semble s'éclairer désormais comme un labyrinthe vu du ciel.

10

Dans la voiture ce matin, le juge a mis TSF, la station jazz, car il y a un spécial Gershwin et il adore Gershwin. Les accords dissonants et l'orchestre bavard résonnent dans l'habitacle, le piano virtuose s'amuse, se glisse, soliloque avant d'être rejoint par le symphonique ; d'humeur fébrile, Doutremont tape des doigts sur la boîte à gants, imitant l'interprète. Il observe Marie, concentrée sur sa route. Il aimerait qu'elle ouvre le bal de la conversation pour une fois, il lui a révélé un aspect préservé de sa vie, elle pourrait lui en dire quelques mots, tout de même. À la fin du morceau et alors que s'entament les babillages biographiques des commentateurs, Doutremont baisse le son et finit par lancer :

« Tu as vu mon jardin secret… Tu sais tout maintenant.

— C'est bien la première fois qu'on me dit ça ! »

Marie sourit et se tait. Alors Doutremont enchaîne :

« Tu sais ce qui me plaît le plus chez Charlie ?

— Non…

— La douceur. »

Le juge a prononcé ce mot comme s'il reprochait à sa conductrice de ne pas avoir eu elle-même la pertinence du diagnostic.

Oui, c'est au contact de Charlie qu'il a compris à quel point notre époque avait honte de la douceur. C'est en découvrant sa douceur assumée qu'il en a mesuré la rareté autour de lui, dans son travail mais aussi chez les êtres qu'il croise quotidiennement. Aujourd'hui, les tendres cabossés sont des *has been*. Le monde aime les carnassiers, les femmes et les hommes en colère. Il faut « être en guerre ». On n'écoute que ceux-là, les battants, leur rage à peine dissimulée est perçue comme une qualité pour survivre et gagner. On associe la douceur à la faiblesse. Comme si les doux ne pouvaient pas aller au combat de la vie. Est-ce que Charlie ne s'est pas battue ? Est-ce qu'elle n'a pas gagné ? La société ne sait pas distinguer ces vainqueurs-là. Il faut détester, haïr même, le dire, c'est encore mieux, les réseaux n'ont que ce mot-là aux lèvres : « radicalité ». Radicalité des formes, radicalité du discours, radicalité des sanctions. La nuance, la discrétion sont étouffées sous les coups de boutoir des gueulards ou des railleurs. Plus une personne douce dans les médias. Il faut parler fort, s'indigner de la bonne manière. Les femmes douces ? Quelle soumission au cliché ! Les hommes doux ont perdu depuis longtemps. On leur fait un procès en tiédeur. Et alors ? En quoi la tiédeur ne serait-elle pas une température agréable ? Il aime l'eau tiède sur ses pieds le soir. La tarte Tatin que Marie lui a servie était tiède, et c'est bien ainsi qu'elle est bonne. Mais non, on cloue la tiédeur au pilori comme si elle n'était que la moitié de quelque chose. Quel est le jury stupide qui décrète que le chaud et le froid valent mieux que le tiède ? Que la virulence vaut mieux que la tempérance ? Gérard préfère son ennui dépressif à la colère ambiante et obligatoire, à la guerre que tout le monde considère comme implicite. « Il y a beaucoup de gens qui ne font pas la guerre et gagnent quelques belles batailles quand même, sans se draper dans la fureur et le ressentiment. J'admire ceux-là qui passent entre les gouttes de cette nouvelle mode : en vouloir à la terre entière ! »

Marie finit par intervenir, tendrement railleuse :

« En gros, vous vous mettez en colère pour me dire que la douceur, c'est mieux. »

Et parce qu'elle sait que son passager n'attend rien d'autre que d'être rasséréné, elle ajoute qu'elle a beaucoup apprécié Charlie, vraiment. Le regard de Doutremont vérifie sa sincérité, alors elle ajoute : « Elle est top », provoquant la reprise cette fois heureuse du tapotement pseudo-pianistique du juge contre la boîte à gants.

« Pourquoi vous ne vivez pas avec elle ? »

Doutremont regarde Marie comme si elle avait posé une question d'enfant. Il ne veut pas finir comme tous ces couples qui passent dans son bureau, et se déchirent parce qu'ils ont voulu rejouer *Paul et Virginie*, une dernière petite passion pour la route. (« Je chercherai *Paul et Virginie*. ») Si Marie veut, elle peut venir assister à une audience un jour, il dira qu'elle est en stage. Elle verra, c'est édifiant.

À l'idée de se retrouver invitée dans l'antre du juge, la jeune femme se grandit et ajuste son rétroviseur avant de murmurer : « Pourquoi pas… »

11

Faire l'amour avec Alexandre, en cachette.

Flâner sur les docks.

Courir pour apaiser Papa en pleine crise. « Je crève, putain ! Je crèèève ! »

Revenir et s'écrouler sur son lit, épuisée.

Rêver de deux hippocampes qui se battent. Marie, au milieu de la bagarre, chausse d'énormes lunettes et comprend que ce ne sont pas des hippocampes, mais des points d'interrogation qui ferraillent. Une rixe de points d'interrogation.

Au café, glisser encore. Entendre les conversations. Les préoccupations. Les murmures. (« Tu as vu qu'ils se posent la question de coloniser Mars, mais comment avoir assez de carburant pour revenir ?/Toujours beaucoup moins de femmes citées dans les médias, ça finira quand cette connerie ?/Le type, il dit qu'il est philosophe, mais tu l'écoutes, t'as l'impression d'entendre un chef de parti./Je ne sais pas. L'honnêteté peut-être. Oui. Je crois bien que c'est la qualité la plus rare… »)

Se demander où va Doutremont, si souvent, aux environs de la brasserie.

Aller boire un verre avec Sandra et Leila qui sont beaucoup plus froides qu'avant. Elles ont l'impression que Marie leur échappe. S'en foutre.

Au moment de déguster le vin, penser à Charlie et à son « gouleyant ». Penser à Charlie qui a osé franchir les frontières.

S'interroger sur son propre courage de changer les choses.

12

Marie marche dans une rue piétonne du Havre. Avec les 300 euros laissés par Victoria, elle a décidé de consommer. Elle pourrait les rendre au juge et arrêter sa mission. Elle pourrait les déposer sur son compte pour rassurer son banquier, mais non. « Consommer. » C'est le mot qui lui vient. Il est voisin de *consumer* qui lui-même fait penser à *flamber*. Elle l'a décidé tout à l'heure. C'est plus qu'une pulsion, c'est une résolution. Dépenser tout en signe de confiance en l'avenir. Dépenser, pour rien.

Les premiers lampions de Noël sont sortis, les manteaux à col haut, les écharpes, les gants, les mitaines aussi, mais le froid n'arrive pas au corps de la jeune femme, trop exaltée. Les officines déjà ornementées lui offrent le choix : vêtements, parfums, épicerie fine, bibelots. Aucun article n'interrompt son élan pour l'instant.

Son reflet dans les vitrines lui renvoie sa jeunesse et sa beauté. Cette beauté simple et tonique qu'elle avait oubliée, sur laquelle elle ne s'était jamais vraiment attardée. Elle a les mains dans les poches, pas de sac, son portefeuille est à l'intérieur de son blouson, et elle transperce l'air ambiant en s'étonnant que le monde entier ne la regarde pas. La jeune fille désargentée se sent la plus grande fortune du monde avec ses 300 euros qu'elle va dépenser aussi vite qu'il faut de temps pour le dire.

D'une certaine façon, tout la tente. Même cette robe corsetée, elle qui n'en porte jamais, même ces chaussures à talons hauts, ce chapeau de dame ou ce costume de vieux. Elle voudrait tout essayer. Observer comment cela tombe sur elle et quelle nouvelle personne elle deviendrait avec ces parures saugrenues sur son corps conquérant. Elle ne sait pas quoi mais elle fête quelque chose. Le retour de l'espérance, peut-être.

Soudain, elle entend son nom : « Marie ! » C'est Charlie qui se tient sur le seuil d'un magasin de fleurs. Elle l'a vue passer. Elle va où comme ça ? « Viens ! »

Marie s'immobilise. Charlie s'est glissée dans une combinaison fluide sur laquelle elle porte un chemisier long et un blouson court doublé d'une laine qui déborde des manches, du col et même des poches. Sur sa tête, elle a posé un bonnet et autour de son cou, un foulard enroulé plusieurs fois. « C'est marrant de se croiser ! Entre, ça caille ! » Elle saisit Marie par le bras, la pousse vers l'intérieur de la boutique, et lui vole un baiser gourmand sur les deux joues comme si elle chipait un cannelé sur un étal.

Cette boutique de fleuriste, Marie ne l'avait jamais remarquée. Tout d'abord parce que jusque-là, elle avait toujours marché les yeux plantés dans le sol, et ensuite parce que les rares fois où elle a offert des fleurs (souvent à des garçons qu'elle voulait surprendre), elle les avait elle-même ramassées dans la campagne environnante. Il ne lui était jamais venu à l'idée, en vingt-trois ans de vie, de dépenser de l'argent pour acheter des fleurs.

Ici, les fleurs sont exposées avec parcimonie, éclairées par des spots épars, à la façon d'accrochages de galerie, mis en scène par un scénographe de haut vol. Charlie explique qu'elle se sert toujours là car Lydie est une artiste. Elle ne fait jamais le même assemblage.

Elle va marcher tous les matins sur la plage et réfléchit aux bouquets qu'elle composera. « Écoute sa voix. Dis quelque chose, Lydie ! » Lydie a des yeux bleus translucides qui surgissent d'un visage ridé, marqué, comme si ses promenades en bord de mer valaient les aventures d'un capitaine de navire confronté toute sa vie aux embruns. Elle cède à l'ordre tendre de Charlie et dit : « Bonjour, je suis Lydie », révélant un timbre voilé et onduleux. « Une voix de film porno comme on n'en fait plus », s'amuse Charlie. Et pourtant elle n'a jamais cédé à la débauche. « Hein, Lydie ?! Ou tu caches bien ton jeu. »

Charlie évolue dans la boutique tel un ange chargé d'ouvrir la voie au client égaré : « Lydie, montre-lui la chambre secrète. »

La détaillante ne se fait pas prier et s'avance. Un simple rideau qu'elle soulève les sépare d'une pièce suréclairée qui tranche avec le clair-obscur du magasin. Il faut un peu de temps avant que Marie parvienne à identifier l'endroit dans lequel elle pénètre : posés sur des modules de hauteurs variables, des arbres en pots, souvent minuscules (sauf un ou deux qui atteignent le mètre) forment une sorte de forêt énigmatique. Ce sont des bonsaïs ; la passion de Lydie depuis trente ans. Tous ceux-ci sont des tropicaux. Ils vivent à l'intérieur et ont besoin de beaucoup de lumière et d'humidité. C'est pourquoi elle a mis en place cette installation de diodes luminescentes, qu'un ami spécialiste des énergies renouvelables a trouvée afin qu'elle consomme le moins possible tout en offrant le maximum de lumière à ses protégés. Il faut dix ans de soins intensifs pour commencer à avoir un beau bonsaï. C'est un art de la patience et de l'observation. Est-ce que Marie connaît ? La jeune femme n'ose pas dire que non, alors elle murmure qu'elle en a « entendu parler ». Tout ce qui est « trop » nuit au bonsaï, trop de chaleur, trop d'eau, trop d'engrais, trop de coupes. Tout doit être distillé avec prudence et réflexion, c'est le secret de la réussite.

Marie déambule dans cette forêt hétéroclite. Les troncs penchés, les troncs droits et puissants, les troncs multiples. Elle s'arrête soudain devant l'un d'entre eux. Il est large et s'incline légèrement. Sur ses branches très équilibrées, touffues, s'accrochent des feuilles ciselées et fines d'un vert profond. Lydie continue, désignant un autre arbuste : celui-ci par exemple c'est un *Juniperus chinensis* de plus de vingt ans. Variété *itoigawa*, aux écailles bien vertes, particulièrement vigoureuses. Son écorce est bien formée car il a déjà un certain âge. « Il va bien, tu vois, il n'a pas de blessures de fils ni de tailles. Ça compte. » Mais Marie écoute à peine, obnubilée par celui qui la captive :

« Celui-là, c'est quoi ?

— C'est un *Hime sekiryu*. Un grenadier. De la catégorie *katade-moche*, ça veut dire qu'il peut être pris par une seule main. Tu vois, les feuilles vont du vert-jaune au vert foncé. Elles sont faiblement pétiolées. Coriaces, lancéolées et luisantes, elles poussent par paires ou en spirale. Les jeunes pousses sont d'abord de couleur bronze. C'est très beau. Et puis… Il peut donner des fruits ! Si on s'en occupe bien.

— Des grenades ?

— Oui.

— Il coûte combien ? »

Charlie se hâte d'intervenir : Marie n'est pas obligée d'acheter. Charlie voulait lui montrer ce repaire car c'est un endroit à part, qu'on ne soupçonne pas, et dont elle aime l'énergie très yang. Mais Marie doit savoir que les bonsaïs dont s'occupe Lydie sont souvent des pièces rares. Donc chères. Elle pourra sans doute en trouver des très jeunes en supermarché à 20 euros et travailler à les soigner. C'est tout aussi bien. Mais Marie insiste. Elle aimerait *celui-là* si c'était possible. Il est cher comment, celui-là ? Et elle précise, bravache, qu'elle peut mettre bien plus que 20 euros. Lydie, sourire tendre, demande de combien elle dispose. « 300 euros », répond Marie, crâneuse et sûre que cette somme dépasse largement le prix de l'arbuste.

Lydie et Charlie semblent embarrassées un instant, puis la fleuriste s'exclame que ça tombe bien, c'est presque son prix. 310 euros. 310 euros ?! De ses sourcils tordus jusqu'à sa bouche qui se froisse, tous les traits de Marie sont contrariés. Est-il raisonnable de mettre 310 euros dans une si petite plante, fragile en plus ? Charlie, qui devine son dilemme, explique que le bonsaï peut se comparer à du vin. On trouve des bouteilles à trois euros, et des bouteilles à 2 000, 3 000, 10 000 euros même. De son côté, Lydie justifie le prix de l'arbre par la largeur de son tronc, marque du temps et de la force acquise. Tout est dans la possibilité du fruit, aussi, bien sûr. La merveille absolue, si on s'en occupe bien, c'est de voir des fruits percer d'un si petit être. La couleur qui jaillit en touches bouleversantes.

Marie ne sait pas pourquoi elle veut ce bonsaï, elle qui ne veut rien habituellement. Chaque mot prononcé renforce son désir. Elle regarde Charlie, à l'affût d'un conseil encore, mais la compagne du juge se tait et se déhanche, comme si le galbe de son corps fin pouvait, mieux que le langage, exprimer son sentiment.

La jeune femme finit par murmurer : « Je le prends. »

Pendant que Charlie applaudit, confiante, Lydie enveloppe l'arbuste dans un papier de soie et donne les dernières consignes : l'été, le *Hime sekiryu* doit être arrosé copieusement. En hiver, il faut le protéger des gelées du soir avec un voile d'hivernage ou le rentrer dans une pièce fraîche. Marie pourra aussi lui parler de temps en temps, aucune école n'y oblige mais Lydie est sûre que le bonsaï n'est pas contre un petit débat d'idées ou quelques mots d'amour.

Quand Lydie lui tend enfin l'arbre empaqueté, Marie a la sensation de s'emparer de la clé d'un coffre-fort dont elle ignore le contenu mais qui lui procure une joie immense.

Elle n'a pas vu que sur la table, la petite étiquette découpée par la fleuriste indique : 420 euros.

13

Le bureau de Gérard Doutremont est entièrement boisé. Deux espaces se distinguent, le sien, cossu et désordonné, et celui, plus étroit, de sa greffière, une quinquagénaire chic et silencieuse, aux côtés de laquelle Marie se tient dans la plus grande discrétion. La femme consigne sans interruption l'échange qui a lieu entre Doutremont et un couple accompagné de ses deux avocats. Le défenseur de l'épouse explique qu'elle n'en peut plus d'être surveillée sans cesse par son mari. Elle est commerciale et s'absente souvent et lui n'a rien trouvé de mieux que d'installer des logiciels sur son portable qui la localisent en permanence ; il a même diligenté des collègues à elle pour s'assurer qu'elle était bien à tel ou tel endroit. Elle se sent prisonnière et suspecte, tout le temps. Ils ont fait plusieurs tentatives de réconciliation sans succès, désormais, elle n'y croit plus. Elle veut ce divorce, quoi qu'il arrive. La cliente ponctue sans cesse les propos de son représentant d'un « je n'attends que ça », « je n'attends que ça », « je n'attends que ça » qui, chaque fois qu'il est prononcé, envoie une cruelle décharge électrique à son époux.

Le juge interrompt fermement l'avocat et rappelle qu'il s'agit d'une ordonnance de non-conciliation. Les causes du divorce n'ont pas à être évoquées aujourd'hui, sauf évidemment si elles influent sur les modalités de séparation qui sont à étudier ce jour : garde des enfants, lieu d'habitation des parties, etc.

« Or à ce propos, madame Fournier, votre avocat me dit que vous ne souhaitez pas avoir la garde de Maëlle car vous êtes trop souvent absente. Vous confirmez ?

— Oui, je ne suis pas beaucoup là, ce sera mieux pour elle…

— Et vous, monsieur Fournier, votre avocat me dit que vous ne souhaitez pas avoir la garde de Maëlle car une mère s'occupe mieux de son enfant qu'un père. C'est bien cela ?

— Oui.

— On fait comment ? »

Les époux sont à l'arrêt, muets, accrochés à la parole du juge, qui lui, soutient leur regard, exigeant une réponse dont il sait déjà qu'il ne l'obtiendra pas. Marie observe. Captivée.

« Si un accord n'est pas trouvé, je serai dans l'obligation de saisir le procureur de la République et un juge pour enfant. Vous pensez que c'est la solution ? »

« NON ! » c'est ce que Marie aimerait crier mais les époux, eux, demeurent silencieux. Alors, elle scrute la réaction du juge. Elle reconnaît son œil las qui préfigure souvent une semonce. Il finit par lancer :

« Vous voulez que je tranche ? Je peux trancher, c'est mon métier. Je trancherai, je sais le faire. Mais c'est *votre* vie. C'est votre enfant. Pas le mien. C'est vous qu'il regardera le soir en rentrant de l'école. Pas moi. Je rentrerai chez moi tout à l'heure, dans ma poussière, et je ne penserai plus à vous. C'est votre séparation. Votre équilibre. Donc, réfléchissez maintenant, tranchez, trouvez une solution. Moi, je fais secrétaire. Avec ma greffière, on tape ce que vous avez décidé. Vous serez venus pour rien mais vous me remercierez. »

Sous l'effet de la surprise, pour la première fois, l'homme et la femme se regardent, et la tension créée par ce contact est d'une telle acuité que les ampoules ancestrales du lustre, si elles n'en avaient vu d'autres, pourraient pousser leur dernier soupir. Marie parvient mal à imaginer que ces deux êtres se sont aimés un jour. Elle ne voit que la muraille dressée entre eux, l'arrivée progressive de l'indifférence.

Alors que les avocats tentent d'ouvrir le dialogue, la jeune femme parie que le couple sera incapable de statuer et que la décision reviendra à Doutremont.

Doutremont, l'homme triste à la fiancée trans, le buveur de whisky vespéral, l'accidenté de la route, énoncera tout à l'heure le destin de ces deux-là et de leur enfant, fort des textes qu'il connaît par cœur, de la loi qu'il respecte, du bon sens et du sérieux auxquels il tient. Il le fera pour eux.

14

La Fiesta disciplinée termine sa route. Doutremont a mis la radio (*il n'y a plus d'adulte. Il n'y a que des fonctionnements de cour de récréation, tolérés par tous, intériorisés jusque dans nos plus hauts lieux de pouvoir. L'adulte est mort*). Ils sont tous les deux encore imprégnés de la tourmente de ce couple douloureux. Marie comprend mieux les longs silences de Doutremont, et son retrait dans les ondes hertziennes.

Une fois garée devant chez lui, elle attend qu'il ouvre la portière, ce qu'il tarde à faire, et c'est dans ce vide solennel, dans ce temps suspendu et immobile, qu'une pluie de textos et d'alarmes s'abat sur le téléphone de la jeune femme, posé sur ses genoux. Comme l'avalanche ne cesse pas, Doutremont finit cette fois par y jeter un œil indiscret. Il est assez loin pour que sa presbytie ne l'empêche pas de lire : Alexandre Moreno.

Marie ne voit pas tout de suite l'effet dévastateur que cela produit sur le juge.

15

Trahison. Le mot n'a pas besoin de préambule. Trahison. Puis mensonge. Inconscience. Folie. Les vocables s'ajoutent les uns aux autres dans une colère froide, glaçante, inédite. Non, elle n'a pas le souvenir d'avoir un jour suscité cela chez quelqu'un. La colère qui hurle, oui, bien sûr, elle la connaît. Celle qui frappe aussi. Celle qui bouscule, se moque, raille ou mord ; mais cette colère, si fréquente pourtant, qui se glisse entre les dents serrées, et qui dresse un mur dont chaque mot, chaque respiration, chaque silence est le ciment coriace, non, cette colère-là n'est pas connue de la jeune femme. Elle était trop discrète pour l'inspirer à ses professeurs de lycée, trop souple pour la faire naître chez son employeur. Elle ne comptait pas assez, sans doute, aussi, pour mettre quiconque dans cet état-là.

Elle tente d'interrompre le flot verbal du juge. Elle voudrait se justifier. Elle voudrait partager les torts et qu'il mesure aussi d'où elle revient finalement, et que cette infraction n'est rien à côté de celles qu'elle aurait pu commettre si elle avait suivi Victoria et Inge. Mais le juge ne lui en laisse pas la place et continue : elle n'est qu'une ignorante, et il ne parle pas là de culture. Elle est une ignorante au sens de Destouches : « L'ignorante, mon ami, ignore son devoir/et peut s'en écarter sans s'en apercevoir ! » Il parle de science de la vie. Il a cru un instant qu'elle en était dotée mais ce n'est pas le cas. Elle retourne dans son enclos, en bon petit toutou pavlovien ; au nom de quoi ? Au nom du cul, au nom d'une amourette ? C'est bien cela qui la lie à ce garçon. Il rit. Si elle savait à quel point ces mythes de jouvenceaux polluent les vies humaines. Ne vient-elle pas d'en avoir la preuve dans son bureau tout à l'heure ? Et il ne parle pas d'amour, là. Il parle de ces bluettes « Suis-moi je te fuis, fuis-moi je te suis », qui remplissent les tribunaux, de posts-adolescents névrosés qui perdent leur temps, leur force, leur élan, dans des stratégies de dépendance et de passion-Prisunic. Ce qu'il lui reproche plus que tout, c'est de l'entraîner là-dedans. De ne pas avoir retenu sa libido, ne serait-ce que par respect pour le service qu'il lui rend. Doutremont s'apprête à poursuivre mais cette fois, Marie l'interrompt. Stop ! Elle ne veut pas de ses leçons. Elle le clame avec ses mots. Qu'il applique la loi. Qu'il la mette en prison si c'est ce que la loi dit pour elle. Pour le reste, il n'y comprend rien. Elle n'a pas envie de fermer la porte aux choses qui arrivent, elle. Oui, c'est interdit. C'est interdit, c'est vrai. Elle piétine autour de ces mots comme si elle ne savait pas comment les contourner alors elle rompt sa promesse : et lui, est-ce qu'il n'a pas conduit avec de l'alcool dans le sang ? Est-ce que ce n'est pas interdit ? Qui décide que « ça oui, ça non » ?! Elle, ce qu'elle croit, c'est qu'il est un vieux soleil éteint. Il a une collection de mots durs, de mots cailloux, coincés au fond de sa bouche souffrante qu'il crache à chaque fois qu'un incident le fait tousser. Il ne voit même pas qu'il a réalisé, lui au moins, ce dont rêvait le gamin qui marchait dans la campagne et voulait rendre justice à ses sœurs et à sa mère. Alors, qu'il la dénonce. Elle, elle ne le dénoncera pas. Elle ne dira pas qu'elle l'a conduit au noir pendant des semaines. Elle est à sa disposition pour sa justice de merde.

Doutremont tremble un peu. Marie ne le voit pas, obnubilée par sa cuisse énervée et incontrôlable. Elle entend néanmoins le grognement inintelligible que son passager finit par laisser échapper. Un son entortillé qui lui permet de prendre son temps pour décider, comme il le fait au tribunal, triant ses arguments, sa « part de juge ». Il finit par lui annoncer d'une voix blanche qu'il lui offre ses dernières heures de voiturage. Qu'elle en profite pour se faire tringler par celui qui l'a méprisée, puisqu'elle est de ces femmes-là. Qui y retournent. Ces femmes martyrisées qui reviennent vers leur bourreau jusqu'à devenir bourreaux elles-mêmes. La justice n'y pourra rien. Les coups et blessures mentaux passent rarement devant les tribunaux. Si elle aime se faire humilier, personne ne pourra l'en empêcher.

Marie, ironique, lui conseille d'aller se faire foutre, ce qu'il n'entend pas car la portière a déjà claqué.

16

Assise sur son canapé, les jambes repliées façon sirène, Marie a les yeux dans le vague, perdus. Ce ne sont pas les mots de Doutremont qui stationnent en elle, c'est Doutremont lui-même ; son absence fantomatique. Elle lui en veut. Il a rompu leur contrat en quelques secondes, comme on se débarrasserait d'une stagiaire mal dégrossie. Elle se demande si le juge, tout admirable qu'il soit, a la clairvoyance nécessaire pour comprendre qu'elle n'est ni la victime d'Alexandre ni son bourreau. Un instant, elle se sent d'ailleurs plus intelligente que lui, plus fine, ayant accès à des nuances qui lui échapperaient. Elle aimerait le lui signifier pour le narguer, mais il ne répond plus à ses textos. C'est ainsi. Qu'importe. Il fallait bien que cette histoire finisse de toute façon. Et elle ravale sa tristesse.

Elle a posé son bonsaï à côté d'elle. Elle n'en revient pas qu'un arbre d'une si petite taille puisse dégager une telle puissance. On peut donc, même maintenu au statut de nain, valoir si cher, et plus cher encore, au fur et à mesure des années et du soin qui nous est porté ?

Elle le scrute, impatiente. Un jour, lui a dit Lydie, peut-être qu'il donnera des fruits.

Cet arbre la calme. Indéniablement, elle se reconnaît en lui et ses semblables. Il résiste aux vents, aux tempêtes, au mépris, aux voleurs qui ignorent sa valeur et le dédaignent lorsqu'ils visitent les appartements cossus. Il a suscité l'intérêt d'une vieille fleuriste experte. Il n'est plus à portée de l'urine des chiens.

Marie s'interroge sur ce qu'elle va faire, maintenant que le juge ne veut plus d'elle. Comment va-t-elle occuper tout ce temps, finalement, qu'elle ignorait avoir ? Le passer avec Alexandre, main dans la main, dans les rues illuminées ou sur les plages grises, comme elle l'espérait si ardemment il y a quelques semaines ? Le passer, comme auparavant, entre télé et ordinateur, à boire des verres avec Leila ou Sandra, à courir sur les docks pour transpirer beaucoup, au son des clameurs du stade qui espère la belle saison de son équipe.

Évidemment, il faut chercher autre chose. Autre chose qu'elle ne sait pas. Qu'elle ne parvient pas à nommer.

Souvent, ces derniers temps au bar, elle regardait les gens attablés. Ils repartiraient bientôt vers leurs activités. Quelles activités ? Aussi, le matin, quand elle dévalait les étages et qu'elle croisait les habitants aux yeux cernés, elle s'interrogeait sur leur destination. Où vont-ils ? Pour faire quoi ? Elle ne leur adresse jamais la parole, sauf pour les formules d'usage et ils le lui rendent bien. Sur leurs gardes, les humains. Qui sait ? On risquerait de se plaire. De construire ensemble. De s'aimer. De se désirer. Ou de se découvrir tel qu'on est parfois. Immobiles. Arrêtés dans notre marche têtue vers le Graal. Résignés à la mort. Comme Doutremont.

Elle allonge ses jambes engourdies et pose ses pieds sur le Code pénal, fidèlement revenu sur sa table basse. Ce n'est pas tout à fait inconscient. Il y a une part d'insolence dans son geste. Ses pieds narguent le juge et ses articles et ses interdits et ses principes. Pourtant, c'est bien ce mouvement déplacé qui donne l'impulsion à la jeune femme. Une impulsion toute simple, habituelle désormais.

Aussi négligemment qu'elle l'a fait si souvent ces derniers temps, un peu plus boudeuse peut-être, elle ouvre l'application Google de son smartphone et tape : « Aller à l'université avec un bac pro. »

Rechercher.

Septième partie

1

« Nous avons coutume de dire que Le Havre est le cinquième plus grand port industriel mondial et que l'université de la ville s'inscrit donc tout naturellement dans cette dynamique d'ouverture sur le monde qui caractérise l'environnement économique régional. C'est effectivement une université qui a choisi de privilégier l'international et la professionnalisation des enseignements et des recherches. L'accueil est très agréable, respectueux. De surcroît, vous le savez sans doute et ce n'est pas rien, l'université du Havre se situe en plein cœur de notre cité ! Parmi les licences que nous proposons, licence d'économie, licence de cosmétiques (moins classique !) licence de droit social, licence de droit international, licence de transport maritime, j'en oublie ! Je vous laisse découvrir. »

L'homme de Pôle Emploi fait glisser la brochure vers Marie, qui remercie, impressionnée. C'est un quinquagénaire austère et investi. On dirait qu'il s'adresse au ministre de l'Éducation, venu en délégation, et auquel il ferait une démonstration de l'excellence de l'université de sa ville. Pour autant, on perçoit son plaisir à être utile et sa fierté de connaître son sujet. Son fauteuil pour dos sensible témoigne du temps passé devant son écran à parfaire sa documentation et ses références. Ses mains s'agitent sans cesse sur son clavier et laissent à penser que malgré son âge, l'homme a l'aptitude cérébrale des jeunes générations à faire mille choses en même temps.

C'est d'ailleurs à la faveur d'une nouvelle page qui s'ouvre sur son écran qu'il constate son erreur. « Oh là… je me rends compte que vous n'avez qu'un niveau bac pro et que votre demande concernait un diplôme d'accès aux études universitaires ou une capacité en droit ?

— Oui, voilà.

— Vous n'avez pas votre bac ?

— Si, si. J'ai un bac pro. Mais il faut que je me remette à niveau… Avec la capacité en droit, le DAEU, on peut faire des études universitaires, j'ai lu.

— Mais bien sûr ! C'est une bonne idée. Alors je commence par quoi ? DAEU ou capacité ?

— Capacité en droit. S'il vous plaît. »

L'homme explique que pour la capacité en droit, il n'est pas nécessaire d'avoir son bac. Ce sont deux ans de formation qui permettent de se remettre à niveau. Avec une note moyenne de 10 sur 20 sur l'ensemble des deux années, le capacitaire se voit dispensé du diplôme d'un bac généraliste et peut intégrer une première année de licence de droit. Si l'étudiant est parmi les meilleurs, à savoir ceux qui obtiennent une moyenne de 15 sur 20, il peut même directement intégrer la deuxième année.

Marie se surprend à penser qu'elle pourrait être de ceux-là, « les meilleurs », et qu'intégrer une deuxième année doit être très stimulant.

L'homme, toujours très scrupuleux, poursuit : la première année est une initiation au droit privé et au droit public. À la fin de l'année se déroulent un examen écrit et un examen oral. Pour ceux qui n'ont aucun diplôme, la tâche peut déjà s'avérer difficile, mais pas insurmontable. La deuxième année offre une palette de cours beaucoup plus diversifiée.

« Le seul problème, c'est qu'à l'université du Havre, il n'y a pas de proposition de capacité en droit, il faut se tourner vers Rouen. Vous avez une voiture ?

— Oui. Mais je connais personne à Rouen. Et mon travail, il est ici.

— Sinon, vous pouvez aussi suivre votre formation par correspondance, grâce au CNED. C'est très bien le CNED, aussi. »

L'homme lui explique que c'est à la fois très simple et très difficile. Très simple parce que les cours sont très bons, et envoyés par mail à l'étudiant. Les contrôles sont réguliers. Les correcteurs compétents, exigeants et bienveillants. Très difficile parce que l'étudiant travaille seul. Cela nécessite beaucoup de volonté, de concentration. Il faut qu'il puisse s'isoler du reste du monde quotidiennement pour ne pas prendre trop de retard et ne pas se décourager. Beaucoup de mutations professionnelles se font ainsi. C'est admirable.

« Passons maintenant au DAEU. Il vous offre aussi bien d'autres possibilités d'orientation. »

Mais Marie se surprend à répondre :

« Non. Je veux faire du droit. »

2

Seule au volant de sa voiture, Marie roule vers chez elle, ses dossiers d'inscription et de renseignements à l'arrière du véhicule, à la place exacte où le juge déposait les siens au retour du tribunal. Pourquoi n'y a-t-il pas un convoi pour l'escorter ? Pourquoi les sirènes ne hurlent-elles pas ? Pourquoi les agents de police ne dégagent-ils pas la voie pour elle ? La ville du Havre ne se rend donc pas compte de ce qui arrive à l'une de ses citoyennes ?

La musique est à fond dans les enceintes, Marie secoue la tête et vue du dehors, on pourrait croire qu'elle a bu tant elle paraît excitée, conquérante. Elle aimerait qu'on acclame son audace, oui, qu'on l'encourage à poursuivre car elle n'est pas sûre d'y parvenir. Mais l'activité citadine continue, indifférente.

Comme avant.

« Tout le monde s'en fout », avait dit Charlie à propos de sa transition. Elle a peut-être raison. Qu'importe si la jeune femme s'inscrit en capacité en droit ou pas. Tout le monde s'en fout. Qu'importe si son dossier traîne finalement des semaines entières sur la banquette arrière et finit froissé dans une poubelle un jour de grand ménage. Personne n'ira s'enquérir de cette fille qui, à la façon de la vie apparue sur terre, dans une extrême lenteur, sans volonté particulière, s'est mise à respirer autrement, à bouger autrement, à écouter autrement, au point, peut-être, de se remettre bientôt aux études. Si elle réussit, chacun ignorera ce miracle survenu un automne en Normandie, dans la vie de cette petite clerc de notaire, cette huissier de justice, ou cette greffière, discrète et têtue, désormais appelée maître Marie Leroy. Et si elle devenait avocate, juge, procureure, on se préoccuperait davantage, dans les salons, de détecter sa zone d'influence, ou sa couleur politique que de connaître son itinéraire et ses luttes. Peut-être qu'elle-même les aura oubliés, emportée par le tourbillon du succès et des responsabilités.

Ce n'est pas qu'on se résigne au monde. Non. Certains luttent, s'engagent, pour préparer la voie aux plus faibles. Mais ceux-là aussi, une fois rentrés chez eux, ouvrent leur frigidaire pour vérifier qu'il est assez plein pour le lendemain. Ainsi va le monde et c'est ainsi qu'il faut l'aimer ou le haïr. Il n'y aura pas de haie d'honneur pour applaudir Marie le jour où elle déposera son dossier d'inscription pour la capacité en droit, par correspondance ou non. Il n'y aura qu'une éprouvante, éternelle indifférence.

L'avenir de Marie se trouve dans une enveloppe à l'arrière de sa voiture, et ne regarde que ce petit habitacle. Doutremont, bien sûr, n'est pas au courant. Quant à Alexandre, Marie n'a pas jugé bon de lui parler de sa démarche pour l'instant. Il faut dire que le jeune homme s'est enfermé une semaine pour écrire le court-métrage attendu par un producteur qui lui a répondu sur Facebook. (Personne ne se souciera de lui non plus, de ses exploits, de ses affres, de ses blocages ; à part peut-être ses parents, ses amis, puisqu'il est un peu plus entouré qu'elle, tout de même.)

La petite voiture avance et s'arrête, au gré des feux et des ralentissements.

Si Marie attend d'être applaudie, qu'elle le fasse elle-même, elle gagnera du temps. De la même façon qu'elle en gagne à l'instant, en passant au feu orange au lieu de s'arrêter, comme le veut la loi.

Un camion arrive sur la droite. Trop vite.

Marie ne le voit pas. Pas tout de suite. Elle pense à son avenir, à ce dossier qu'elle va remplir, au choix qu'elle fera. Cours par correspondance ? Rouen ? Aucun des deux ?

Si elle meurt, qui s'en souciera ? Pas Doutremont, bon petit cheval revenu à sa case départ d'homme blessé. Pas Charlie qui mettra sur le compte de la jeunesse et de la négligence le silence de la disparue. Papa et Victoria sans doute, mais comme des égoïstes qui ont construit le monde à leur image et déploreront ce pion perdu dans leur terrain de jeux. Marie est seule avec son destin. Seule et pourtant imprégnée des autres, de leur empreinte, de leurs cadeaux involontaires. Seule face au choc à venir. Peut-être.

Le chauffeur du camion pile et la gomme des pneus hurle sur le goudron pour suppléer le cri muet de Marie qui le voit enfin. En un réflexe impérieux, elle tente de contrôler la Fiesta qui répond comme elle peut. Les secondes sont longues quand le destin hésite. Lorsque le véhicule s'immobilise enfin, indemne, un silence, court mais magistral, envahit le carrefour et soudain, des klaxons retentissent de toutes parts comme si les témoins soulagés exprimaient leur terreur rétrospective. C'est une cacophonie de klaxons. Un vrai concert en son honneur. Tout le monde la regarde et la considère. Ça va pas non ? TUT TUT ! EH OH !

Elle l'a, son charivari. Sa haie d'honneur. Marie lève les bras en signe de victoire devant les badauds médusés et elle sourit. Allez-y ! Klaxonnez ! KLAXONNEZ !!!

Quand elle redémarre, de longues secondes plus tard, elle sent à peine ses yeux embués de larmes. Elle est sauve. Elle a la vie sauve.

Tout lui réussit.

Elle va étudier.

3

Alexandre n'en revient pas de ce que lui dit Marie. Elle veut aller travailler sur un bateau ? La jeune femme confirme, il n'y a que comme ça qu'elle pourra se concentrer. Après ses journées de boulot, retourner à sa cabine et apprendre. Elle a tourné le problème dans tous les sens, pour étudier par correspondance, elle ne voit pas d'autres solutions. Il faut qu'elle puisse s'isoler, qu'elle n'ait pas le choix, et ne soit dérangée par rien ni personne. Elle pourrait s'installer à Rouen mais ce serait une décision timide, insuffisante. Elle a un ami marin, lieutenant sur un cargo, qui lui garantit un poste si elle passe son CFBS et sa visite médicale au DIRM. Avec ses aptitudes en chaudronnerie, son expérience de service et d'aide en cuisine, elle est sûre d'intéresser l'équipage. D'ici septembre, ce sera possible.

Le jeune homme affiche une moue admirative, presque envieuse. Il lui demande ce qu'elle fera de son père. Ne lui a-t-elle pas dit qu'il était entièrement dépendant d'elle ? « Je payerai plus. Il peut bien se passer de moi pendant deux ans. Les riches, ils envoient leurs enfants aux États-Unis ou en Amérique latine, pourquoi je partirais pas, moi ? » Elle rentrera régulièrement, de toute façon ; il programmera ses arrêts cardiaques imaginaires en fonction de son nouvel emploi du temps. Rien ne peut la retenir. Rien. Elle veut apprendre. Et pour apprendre, elle doit partir.

Alexandre la dévore de ses yeux de jeune homme. Il change de position mille fois pour la regarder sous toutes les coutures, comme si son petit ballet pouvait lui révéler quelque chose de nouveau. « J'ai envie de te filmer », c'est ce qu'il finit par dire. Marie éclate de rire pendant qu'il sort son portable et sans attendre, la filme. Il la filme encore. Marie s'est immobilisée. Elle le regarde. Elle ne fait rien. Elle sourit légèrement, la tête inclinée. « Redis-le-moi, que tu pars », ordonne Alexandre. « Comment ça ? — Dis à la caméra que tu pars ! » Marie regarde la caméra : « Je pars. — Redis-moi pourquoi. — Pour apprendre. Je pars pour apprendre… » Il laisse tourner, la fixe par écran interposé. Elle ne bouge toujours pas. Ses yeux sont ouverts et figés, ses sourcils légèrement froncés et tout le bas de son visage est un vaste sourire non formulé, une plaine vierge et épanouie, douce, étonnée.

Alexandre murmure : « Tu sais que j'en suis incapable ? — De quoi ? — De partir pour apprendre… » Marie laisse cette fois un ample sourire spontané relever ses pommettes d'enfant. « LOL !! Tu prépares un concours pour partir à Paris, tu m'as dit. Pour faire du cinéma ! — Mais j'y crois pas. Tu sais que j'y crois pas ? » Elle devient grave soudain, triste. « Pourquoi ? — Tout m'empêche. Tout me retient. Je connais personne. J'ai peur. Et toi… là… » Son téléphone-caméra ne lâche pas Marie de l'objectif. « Tu connais cette chanson de Souchon ? — Qui ?

— *J'aime les regretteurs d'hier/qui trouvent que tout ce qu'on gagne on le perd/qui voudraient changer le sens des rivières...*, ben toi, tu regrettes rien d'hier, et tu changes le sens des rivières ! » Elle rit : « Mais non ! » « Mais siiiii ! » Il s'approche. Il vient tout près. Marie rit à nouveau : « Hé... ! — Donne-moi ton secret, murmure Alexandre. C'est quoi, ton secret ? Dis-le à la caméra. » Marie se tait, provoquant l'insistance du jeune homme, qui répète d'une grosse voix inquisitrice : « DONNNNNNE-MOIII TONNNN SECREEEET. » Alors Marie répond : « C'est toi, mon secret. Je crois. »

4

Marie a hésité. Quand elle a vu que la greffière sortait seule du tribunal, elle est allée le guetter au coin de la rue, près de chez Erwan, où elle l'attend parfois pour ses rendez-vous mystérieux. Elle s'est souvent demandé ce qu'il pouvait faire, une heure durant, dans ce quartier. Quelques hypothèses avaient ses faveurs : il allait voir un psychanalyste – il en a bien besoin –, un ami malade, ou encore un consultant quelconque dans la catégorie occulte : énergéticien, chamane, voyant. Elle suppose que le lieu fréquenté est dans la rue Victor-Hugo. Elle s'avance. La première portion est piétonne et Marie ne remarque rien ici qui puisse attirer le juge. Un peu plus loin, la chaussée s'ouvre à nouveau aux voitures mais des poteaux en acier empêchent le stationnement. Marie s'en étonne et s'approche. Il y a un collège à droite, fermé en cette fin de journée. En face, un minuscule bâtiment attire son attention. Une étoile à deux triangles est sculptée dans le bois de la porte et, en guise de bas-relief, fondue dans du bronze oxydé, une bible ouverte est soutenue par deux lions. « Synagogue ? » Synagogue, c'est bien le lieu de culte des juifs ? Pourtant, Doutremont n'a pas l'air d'être juif du tout. Elle a même aperçu une croix à l'entrée de son domicile, mal dissimulée par le portemanteau surchargé. Marie s'étonne. Elle montre son sac au jeune homme à kippa qui se tient à l'entrée et déclare qu'elle va « rejoindre quelqu'un. — Qui ? — Gérard Doutremont ». Le jeune homme s'écarte comme si elle avait donné le nom d'un talmudiste prestigieux.

« *Baroukh chem kévode malkhouto léolam vaéde : Vea avta ete Ado-nay eloekha bekhol levavkha ouv khol nafchekha ouv khol meodekha.* »

Elle le cherche. Les hommes et les femmes, plutôt nombreux ce soir, sont debout et chantent et se balancent. L'atmosphère tranche avec l'ambiance profane de la rue qu'elle vient de quitter. Cette langue mélodique et gutturale, chantée à pleins poumons, la transporte. Le juge est-il là ? Elle écoute les voix pour détecter la sienne, sans résultat. C'est seulement au moment de s'asseoir qu'elle l'aperçoit enfin, plus lourd, plus las, plus lent que les autres. Elle murmure : « Gérard… »

Il est là, une kippa sur la tête. Il ne chante pas, lui, ne se balance pas, alors que la prière se poursuit menée par un jeune rabbin avenant. Doutremont semble recueilli et concentré, décalé mais admis par cette communauté absorbée. Régulièrement le groupe scande quelques phrases créant un sentiment surprenant de plénitude et d'unité.

Marie est émue.

Elle pourrait s'approcher et se mêler au groupe maïs elle a la sensation de violer un espace qui n'est pas le sien. Alors, après quelques secondes d'espionnage, elle recule. Quand elle repasse devant le jeune homme, elle dit juste « Je vais l'attendre devant » et elle sort.

Le juge marque un temps quand il la voit plantée là. Il regarde immédiatement le taxi à warning qui patiente au coin de la rue, et alors qu'il choisit de le rejoindre sans lui adresser la parole, la jeune femme fonce sur lui : il peut lui dire bonjour, non, elle n'a tout de même pas tué le pape ni égorgé une vieille dame ? Et elle enchaîne, une fois à sa hauteur, comme si la conversation avait commencé depuis une heure : « Vous n'êtes pas juif, vous ? Pourquoi vous allez à la synagogue ? » Doutremont n'est pas d'humeur à répondre, mais il ne cherche pas non plus à s'enfuir, ce qui l'enferme dans un piétinement ridicule.

« On peut se parler, non ?

— Si tu es venue pour me raconter que tu as à nouveau tapé sur la gueule de ton petit copain ou qu'il t'a encore humiliée, je préfère rentrer en taxi.

— C'est pas ça, alors vous venez ? »

Elle indique sa voiture, et précise que ce soir, ils sont hors contrat, c'est elle qui fixe le programme et les destinations. Elle a repéré une auto-école qui ferme tard et elle veut qu'il s'y inscrive. Ensuite, ils iront dîner tous les deux. Enfin, elle l'emmènera chez Charlie.

Doutremont rougit, et malgré la nuit, ce trouble n'échappe pas à Marie, rassurée. Alors qu'il libère le taxi, la jeune femme résolue s'avance jusqu'à la Fiesta bleue. Quand il la rejoint, elle lui demande si ce programme lui convient. « Ça vous va, magistrat ? » Doutremont maugrée que c'est un programme dictatorial, mais ça ne l'étonne pas d'une petite racaille comme elle. Le peuple est toujours plus despotique que l'establishment.

« LOL », sourit Marie.

5

Ils sont restés presque un quart d'heure à parlementer devant l'auto-école. Doutremont ne voyait pas l'intérêt de cette tentative de lifting puéril. Il ne conduit plus, c'est ainsi. Les taxis, tout comme les délinquantes audacieuses, font très bien l'affaire. Mais la jeune femme n'a pas cédé. Elle a cherché et trouvé des arguments : « Conduire, c'est habituer son cerveau à prendre des décisions rapidement. — J'en prends quotidiennement », a rétorqué le juge. Et une escarmouche légère a commencé entre eux : « Quand on conduit, on se souvient qu'on est mortel ! — Depuis l'accident, je m'en souviens bien. — Conduire, c'est ne pas confier à d'autres ses itinéraires. Ça rend libre ! — La liberté et le bonheur sont les plus grandes arnaques du XXIe siècle. » Doutremont a aussi invoqué l'écologie : « Il faut être écologiste non ? Je suis *in* si je suis écolo. — Vous allez vous déplacer à vélo peut-être ?! » a raillé Marie. Finalement lassée, et voyant que la silhouette à l'intérieur du bureau de l'auto-école commençait son rituel de fermeture, elle a presque poussé Doutremont vers la réception : « Ça suffit. On se bouge les fesses et on entre. »

Belle trentenaire à peau noire et iris verts, la responsable a confirmé au juge qu'il devait bien repasser l'examen de conduite du fait de sa négligence. Il aurait dû s'inscrire dans les neuf mois qui ont suivi son retrait de permis pour pouvoir ne repasser que le code. Doutremont a jeté un œil coupable vers Marie qui n'a pas commenté. Pour payer, le juge a sorti son chéquier et refusé l'échelonnement, préférant tout régler en une fois avec l'aplomb de ceux qui peuvent ne pas se poser la question. La responsable lui a conseillé de fixer d'ores et déjà la date de sa première leçon qui servira à évaluer le nombre d'heures nécessaires, mais le juge a rétorqué qu'il préférait revenir vers elle et « aviser en fonction de son emploi du temps ». Cette fois Marie, autoritaire, s'est opposée : on n'allait « rien aviser du tout en fonction de rien du tout », et elle a pris avec lui le rendez-vous qu'ils ont inscrit dans son agenda. Elle l'a même entouré d'un cercle rouge.

Ensuite ils sont allés dîner.

Marie a choisi un restaurant face à la mer, une pizzeria à néons sans doute agréable les jours de soleil mais à laquelle le hors-saison et la grisaille confèrent des airs verdâtres. Elle y a dîné plusieurs fois avec Ambroise, pour la cuisine italienne copieuse mais surtout pour la serveuse, une quinquagénaire se déclarant indifférente *au pelage* coton ou vison de la clientèle, ainsi qu'à sa couleur, son accent, sa religion et toute autre chose qui ferait sa différence. Marie sait qu'elle ne commentera donc pas la corpulence du juge, ni sa fonction, si toutefois elle la connaissait, pour une raison ou pour une autre.

La jeune femme et Doutremont se font face, esseulés dans cette grande salle déserte ce soir. On leur a laissé choisir leur table, en leur conseillant néanmoins celle près de la vitre devant laquelle les voitures n'ont pas le droit de stationner et d'où l'on est sûr de voir la mer. Ils ont suivi le conseil, reconnaissants, ont commandé des pizzas et du rosé, et Marie a annoncé sa décision au juge stupéfait.

« Tu veux étudier ?!

— Oui.

— Tu veux partir pour étudier ?

— Oui.

— Le droit… ?

— Oui. On verra mais… je veux commencer par ça. La capacité en droit.

— Bois. Sers-toi à boire. Et sers-moi au passage. Tu me donnes envie de chialer.

— Pardon, mais…

— Quoi ?

— Vous pleurez déjà, en fait. C'est juste ça.

— …

— Pourquoi vous pleurez ?

— Je sais pas. »

Doutremont s'accroche à sa fourchette et c'est vrai qu'il ne sait pas ce qui vient le secouer ainsi et poser, pour la première fois depuis longtemps, des larmes au creux de ses yeux. Peut-être les regrets d'une paternité avortée, de cet enfant qui lui aurait annoncé un jour une grande décision. Peut-être l'importance que lui donne cette jeune femme qu'il connaissait à peine quelques semaines plus tôt, ou peut-être encore le drame de son crépuscule qu'elle lui renvoie en pleine figure. Il le lui avoue : « Tu me fais vieillir. » Et il ajoute qu'il ne veut pas vieillir mais ne veut pas non plus refuser de vieillir.

« Ah oui, c'est compliqué alors…

— Tu sais ce que c'est un point d'orgue ?

— Je chercherai. »

Mais Doutremont dit que non. Ce n'est pas la peine de chercher. Il va le lui expliquer, puisqu'il est là.

« C'est un signe en musique qui permet d'arrêter le comptage régulier du temps. Un ralentissement en quelque sorte. Un dérèglement du métronome… Ça ressemble à un œil, je n'ai jamais compris pourquoi.

Il le dessine sur la serviette en papier qu'il glisse vers Marie : 𝄐

« Tu as été mon point d'orgue. »

Marie observe l'œil sur la serviette. Son cœur palpite plus fort que d'habitude. Elle ignorait que tout ce qu'elle a vécu ces dernières semaines pouvait se lover dans un signe. Elle ne se savait pas capable de ralentir la vie des gens. Elle plie la serviette et la met soigneusement dans sa poche. Puis, la gorge nouée, elle rétorque qu'il faut qu'il se prépare à prolonger son séjour dans le point d'orgue, parce qu'elle a bien l'intention de le solliciter quand elle sera partie. Elle a d'ailleurs un marché à lui proposer. Elle veut que Doutremont l'aide à apprendre. À travailler. Elle veut pouvoir lui demander des conseils, des éclaircissements. Elle le contactera par mail et il devra lui répondre. Vingt-quatre heures sur vingt-quatre.

« Vingt-quatre heures sur vingt-quatre. Ben voyons… Et en échange ? »

En échange, quand elle sera en période de repos au Havre, elle fera chauffeur. Il pourra mettre les pieds sous le tableau de bord. Il pourra s'enivrer des meilleurs whiskies sans prendre le volant ensuite. Avec un peu de chance, il aura récupéré sa Mercedes. Elle a très envie de conduire une Mercedes. Ils écouteront France Trucmuche et France Machin, ils joueront à qui connaît le mieux le Code pénal. Elle l'emmènera où il voudra, mais surtout chez Charlie, car elle aimerait bien la revoir de temps en temps. *Deal* ?

Doutremont lève son verre et conclut :

« *Deal.*

— Je peux vous poser une question ?

— Vas-y.

— Vous faites quoi, dans cette synagogue ?

— Je pense à eux. Judith était juive. Ils sont enterrés au cimetière juif de Rennes, c'est trop loin et puis j'ai plus de voiture ; alors je viens là quand je peux, et je pense à eux. »

C'est la première fois que le juge dit « eux ». Marie hésite, puis : « C'était un garçon ou une fille ? »

Doutremont tarde avant de répondre.

« Un garçon. »

La jeune femme semble déçue un instant, et puis ça passe. Elle regarde au loin les flots obscurs et le soleil incandescent sous les nuages. Confiante.

6

Avant de monter à la place conducteur, Marie a ouvert la portière du juge. Quand il s'est approché pour s'installer, elle lui a bloqué l'accès et a écarté les bras. Il a fallu quelques secondes à Gérard pour comprendre, et quelques secondes encore pour accepter l'invitation. Une fois l'homme blotti contre elle, elle a refermé ses ailes et l'a serré fort. Longtemps. On ne savait plus vraiment qui était dans les bras de qui.

7

Marie a déposé Gérard devant chez Charlie qui l'attendait, immuable, sur le perron. Elle a envoyé un baiser chaleureux à la jeune conductrice. La Fiesta a fait crisser les gravillons pour effectuer son demi-tour.

Elle est repartie vers la ville, ses deux grands phares ouverts pour embrasser la route.

Huitième partie

1

Papa : 600 euros.
Location box affaires : 40 euros.
Abonnement téléphone : 30 euros (prélèvement).
Inscription université CNED : 92 euros par mois (prélèvement).
+ Salaire matelot : 1 430 euros.
Reste pour vivre : 668 euros soit environ 22 euros/jour.

22 euros par jour, c'est assez pour Marie qui compte s'acheter à la prochaine escale, à Liverpool, les livres qui lui manquent et qu'elle a d'ores et déjà commandés à la librairie Waterstones. Ses premières notes sont encourageantes mais elle doit mieux s'équiper pour étudier plus efficacement. Les liaisons Internet sur le cargo lui permettent d'informer Gérard des chapitres en cours. Il prend du temps sur ses nuits pour lui répondre en simplifiant le cours par des exemples ou des angles qui facilitent l'étude et l'intérêt. Il est très positif et très encourageant, patient. Il a laissé sa tristesse en marge des courriers qu'il échange avec Marie. Il ne lui transmet que sa confiance et sa force.

Il a fini par obtenir son permis de conduire, mais seulement après trois tentatives, ce qui amuse beaucoup Charlie. Gérard, lui, peste contre cette époque qui en créant de nouvelles règles, des lois, pour dompter son propre chaos, ne fait que retarder l'accident de la route qui finira bien par avoir lieu.

Dans sa vieille Mercedes, il se rend chez sa maîtresse régulièrement mais sa maison reste son port d'attache et le tribunal son refuge.

Le cargo file. Mer agitée.

Souvent, après sa journée harassante, Marie se connecte à Facebook et *like* les publications d'Alexandre. Il répond toujours par un pouce levé qui fait sourire la jeune femme. Elle l'impressionne, elle le sait. Il le lui assure en message privé dès qu'il le peut.

Il dit qu'il a fini d'écrire son troisième court-métrage et qu'il partira bientôt à Paris pour le montrer à des professionnels. Persuadé d'être trop frondeur et inclassable, il a renoncé à passer par une école. Il a dessiné un story-board qu'il a envoyé à Marie, et qu'elle trouve magnifique. Chaque case est foisonnante, inventive, mais la jeune femme ne sait pas pourquoi, plus elle accède aux créations d'Alexandre, plus elle craint qu'il ne soit pas prêt pour l'envol. Elle le lui a écrit d'ailleurs : « Ne tarde pas trop. Pars. » Alexandre a répondu que certains artistes sont ainsi, des inadaptés finalement. Des paralysés sociaux qui demeurent attachés à leur fauteuil tout en rêvant qu'ils ont des jambes et qu'ils concourent aux Jeux olympiques. Il espère ne pas être de ceux-là, mais qui sait. S'il ne tourne jamais, il restera toutefois la trace dessinée de ce qu'il avait dans la tête. Avant de mourir, il rangera ses planches dans un tiroir fermé et un jour, ses arrière-petits-enfants les exhumeront, admiratifs, et l'un d'entre eux, un précoce audacieux, plus apte à l'action, réalisera les films que son arrière-grand-père avait fantasmés. La graine sera plantée, et, de là où il sera, il applaudira. Marie sourit en le lisant. Le jeune homme aime le pays des chimères et de la contemplation. Il l'émeut toujours, il la bouleverse même, mais elle mesure combien ils sont différents. Rêver lui suffit peut-être, alors qu'elle ne se résout plus à la mélancolie. Elle veut agir, peser, compter. Elle ne sait pas encore comment.

Par le hublot, elle ne voit rien que les flots qui battent, alors elle regarde autour d'elle, son abri : le parquet stratifié, le mobilier succinct, tiroirs ouverts et désordonnés, son petit bureau sous lequel elle a glissé un tabouret sobre ; l'armoire ébène, aux portes si étroites qu'on se demande pourquoi ils les ont pensées par paire. Et la cabine de douche, bienfaitrice et réconfortante. Sa solitude est parfois vertigineuse. Rien de plus petit qu'un humain dans le champ bleu des eaux salées dépeuplées. Pourtant, Marie se sent reliée au monde, bien plus qu'avant, quand la routine la conduisait de la brasserie à Papa, de son appartement aux docks. Doutremont, Charlie, le CNED. Elle ne peut plus envisager sans violence d'être exclue de cette spirale bienfaisante. Plus elle est reliée, plus elle a peur de perdre. De tout perdre.

Soudain, elle frémit. Elle ne l'avait pas encore vu : aux branches du bonsaï posé sur la seule étagère de la pièce, balancent deux jeunes fruits fragiles. Sûrement apparues dans la nuit, deux grenades d'un rouge profond, fières et intrépides, bravent les secousses du navire turbulent. Un souffle pourrait les faire exploser au sol, mais elles semblent pour l'instant bien accrochées à leur tige minuscule et têtue.

Par un effet de contre-plongée, l'ombre portée sur le mur donne même à l'arbre nain et à ses fruits des allures de géant.

Merci à Alain Souchon pour sa chanson « La beauté d'Ava Gardner » présente sur l'album *Ultra Moderne Solitude* © Virgin France, 1988, de laquelle est tiré le titre de ce roman *Changer le sens des rivières*.

Merci à Betty Mialet.
Merci à Vanessa Springora.
Merci aux Éditions Julliard.
Merci à Valérie Messas.
Merci à Brigitte, Henry-Claude, Alain, Marie, Anne, Sandrine, Karin, Fred, Anouche.
Merci à Véronique Olmi.
Merci à Jean-Pierre Améris.
Merci à Sylviane et Samuel.

Imprimé en France par
CPI Bussière
en septembre 2023
N° d'impression : 2073675

#lisez engagé !
www.lisez.com
Pour plus d'information :
Imprimé sur du papier issu de forêts gérées durablement.

Pocket – 92 avenue de France, 75013 PARIS

S34065/01

Ouvrage composé par
PCA 44400 Rezé